Sendo cada uma das obras dedicada a um escritor português, pretende-se que os textos desta colecção – escritos por especialistas, mas num estilo que se quer de divulgação – elucidem o leitor sobre a especificidade da obra de cada autor.

PADRE ANTÓNIO VIEIRA

Título original: *Padre António Vieira*

Capa: FBA

Depósito Legal n.º 342301/12

Biblioteca Nacional de Portugal – Catalogação na Publicação

CUNHA, Mafalda Maria Ferin, 1965-

Padre António Vieira – (Canône)
ISBN 978-972-44-1702-8

CDU 929, 272
821.134.3 Vieira, António.09

Paginação, impressão e acabamento:
GRÁFICA DE COIMBRA
para
EDIÇÕES 70, LDA.
Abril de 2012

ISBN: 978-972-44-1702-8

EDIÇÕES 70, Lda.
Rua Luciano Cordeiro, 123 – 1.º Esq.º – 1069-157 Lisboa / Portugal
Telefs.: 213190240 – Fax: 213190249
e-mail: geral@edicoes70.pt

www.edicoes70.pt

A presente publicação, coeditada pelas Edições 70 e pelo
Centro de Literatura Portuguesa, insere-se nas atividades
do Grupo de Investigação «Literatura Portuguesa» (coord. Prof. Doutora
Maria Helena Santana) do Centro de Literatura Portuguesa, Unidade
de I&D financiada pela Fundação para a Ciência e Tecnologia.

PADRE ANTÓNIO VIEIRA

Mafalda Ferin Cunha

Carlos Reis
Coordenador

Deixo aqui o meu breve, mas justíssimo e reconhecidíssimo, agradecimento à Senhora Professora Doutora Isabel Almeida.

Índice

NOTA PRÉVIA

Conforme os anteriores volumes desta série tornaram evidente, a coleção *Cânone* pretende contribuir, de forma ao mesmo tempo simples, rigorosa e bem documentada para o melhor conhecimento dos nossos mais destacados escritores, sendo propósito expresso da coleção que esses escritores correspondam ao estatuto dos que usualmente designamos como *canónicos*. E tal como consensualmente se admite, aquele estatuto estabelece-se em função de fatores de configuração e de instâncias de institucionalização em que o sistema de ensino ocupa um lugar de destaque; é ele que trata de acolher textos que ilustram e sustentam não apenas o ensino da literatura, mas também, de forma articulada com ele, o ensino da língua, bem como aspetos de conformação identitária que nos textos literários podemos observar.

Frequentemente o Padre António Vieira (e em especial alguns dos seus sermões) comparece em escolhas curriculares, tanto no ensino secundário como no ensino superior. Para além do mais, procura-se surpreender nos textos de Vieira o rasto da mencionada dimensão identitária, especialmente significativa numa época conturbada da nossa história política e cultural; avultam nessa época questões como a evangelização dos índios do Brasil, o lugar ocupado pelos jesuítas no instável poder político do século XVII ou a relação do pensador que foi o Padre António Vieira com o poder régio (em particular com D. João IV) e também com o Santo Ofício.

Seguindo o formato adotado por esta coleção, o presente trabalho de Mafalda Ferin Cunha atribui justificada importância ao trajeto biográfico do Padre António Vieira. É nesse trajeto biográfico que se inscreve um labor impressionante de polígrafo, traduzido no culto de vários géneros discursivos e na ativa intervenção que Vieira assumiu relativamente aos assuntos políticos e sociais do seu tempo, um tempo muito marcado pelos incidentes da Restauração, pelos conflitos bélicos que se lhe seguiram e pela intensa atividade diplomática que eles exigiram. Oscilando, ao longo da sua vida, entre a proeminência que a sua voz autorizada concedia e a marginalização e até o silenciamento que a ousadia das suas posições doutrinárias explica, este homem de vida muito longa (Vieira faleceu com 89 anos, uma idade considerável para época) marcou de forma indelével o pensamento político, social e religioso do seu tempo, incluindo-se nele incursões proféticas que não podem ser dissociadas da restante produção vieiriana.

Tudo isso está contemplado na apresentação que Mafalda Ferin Cunha compôs para este volume, apresentação que compreende igualmente a análise dos sermões, da epistolografia, da obra profética e da receção de Vieira ao longo dos tempos. Para além disso, podemos ainda ler as secções habituais nesta coleção: uma escolha de "lugares seletos", o discurso direto (contando com depoimentos de especialistas em Vieira e no seu tempo), o discurso crítico, o abecedário de noções vieirianas, representações (iconográficas, cinematográficas, etc.) e uma bibliografia.

Assinale-se, por fim, que a autora desta monografia é especialista na obra do Padre António Vieira e conhecedora profunda do seu tempo cultural e literário. A Mafalda Ferin Cunha devemos estudos sobre o barroco, bem como, entre outros, sobre o Padre Manuel Bernardes (que foi objeto da sua tese de doutoramento) e sobre D. Francisco Manuel de Melo; editou ainda as obras poéticas de António Barbosa Bacelar. Por todas estas razões e pelo mais que o leitor – estudante, professor ou admirador da obra de Vieira – aqui encontrará, este livro é seguramente um contributo relevante para o conhecimento de uma das mais fascinantes personalidades da nossa cultura.

* * *

Encontrava-se este livro em produção editorial quando a sua autora nos deixou, levada por enfermidade que enfrentou com serenidade, com lucidez e com coragem admiráveis. Mafalda Ferin Cunha pôde ainda corrigir as primeiras provas deste livro, mas não viu já o seu resultado final, que fica como expressivo testemunho das qualidades intelectuais de uma universitária séria e muito competente. Sirvam estas derradeiras palavras de quem foi colega e reitor da autora como homenagem singela ao muito que Mafalda Ferin Cunha deu à sua Família e à universidade que tão bem serviu.

CARLOS REIS

APRESENTAÇÃO

1. A vida indissociável da obra

A figura do Padre António Vieira domina todo o século XVII português, quer se estude a história, a religião ou a literatura deste período. Talvez por isso o seu lugar no cânone nunca tenha sido contestado e permaneça incontestável.

Apresentar a sua biografia sem fazer referência, a cada passo, à sua obra, não parece possível. De facto, este sacerdote jesuíta, pregador, missionário, homem político e anunciador das coisas futuras, deixou impressa, em cada página dos seus textos, mesmo quando tal passa despercebido ao leitor vulgar, a marca da sua experiência pessoal, dos seus sentimentos, e ideais, e o traçado do seu percurso biográfico. Polígrafo incansável e fecundo, o seu labor de escrta teve início muito cedo, quando, com cerca de dezoito anos, redigiu em latim a carta ânua enviada ao Padre Geral da Companhia de Jesus, em Roma, e estendeu-se até ao ano da sua morte, abarcando vários géneros. Ao longo dos milhares de páginas que Vieira escreveu, vibra a sua personalidade e revelam-se os gestos e passos da sua extensa vida.

António Vieira nasceu em Lisboa a 6 de fevereiro de 1608. Seis anos mais tarde, tendo o seu pai sido nomeado escrivão da Relação da Baía, toda a família partiu para o Brasil. Foi aí que iniciou o seu percurso escolar, no Colégio da Companhia de Jesus de São Salvador da Baía, estudando, de acordo com a *Ratio Studiorum* (isto é, o plano de estudos seguido pelos jesuítas), disciplinas como a Gramática, a Filosofia, a Retórica, a Poética e a História. Pretendia a Companhia de Jesus, através da sua obra educativa, formar o *homo christianus*, capaz de desempenhar as suas funções na sociedade, fossem elas quais fossem, de acordo com os ideais cristãos. No caso do Padre António Vieira, pode considerar-se que a formação recebida na Baía produziu frutos abundantes.

Em 1623, iniciou o noviciado na Companhia de Jesus, contra a vontade dos seus pais, segundo afirmam alguns dos seus biógrafos, embora nenhum documento o comprove. Durante este período, o jovem António Vieira teve a sua primeira experiência de missionação – uma experiência que o terá marcado profundamente e que terá sido inspiradora de algumas linhas de atuação futuras. Na missão do Espírito Santo, a sete léguas da Baía, Vieira contactou não só com a exuberante paisagem brasileira como com os habitantes locais, os índios, apercebendo-se, pela primeira vez, do encanto e das dificuldades da evangelização dos povos indígenas. Foi então que aprendeu o tupi e é possível que, por esta ocasião, na flor da juventude e na pureza dos primeiros ideais, despontasse na sua mente, de forma necessariamente pouco organizada, o anseio de se empenhar e de incentivar uma missionação sistemática, que conduzisse toda a humanidade ao conhecimento de Cristo e à vivência cristã, projeto que mais tarde desenvolveu nas suas obras proféticas.

Em 1625, proferiu os primeiros votos de pobreza, obediência e castidade do sacerdócio, e, no ano seguinte, possivelmente devido às provas de fidelidade, convicção interior, inteligência e capacidade de expressão de que já tinha dado conta, foi encarregado de redigir a carta ânua, relativa aos anos de 1624 e 1625, que a Província devia enviar a Roma, ao Padre Geral da Companhia. Neste primeiro documento, o jovem António Vieira não só apresentou um relatório circunstanciado do estado da província jesuíta do Brasil, como relatou a invasão da Baía pelos holandeses, em 1624, e como os soldados portugueses, em colaboração com os habitantes da cidade, incluindo os índios, lograram expulsá-los no ano seguinte. Pulsam, nesta carta, as suas preocupações com a evangelização dos nativos e com a defesa das possessões portuguesas, cuidados que manifestou ao longo de toda a vida. Revelou-se também destro no contar de episódios bélicos, que animou com o fervor de quem relatava uma luta religiosa, entre católicos e protestantes, tanto quanto uma luta civil entre holandeses e portugueses, e recortou em tom apologético algumas grandes figuras do momento, sobretudo padres jesuítas.

Em 1627, Vieira lecionou Retórica no Colégio de Olinda. No Colégio da Baía proferiu o seu primeiro sermão, o «Sermão do Nascimento do Menino Deus», e, em 1634, depois de completar a formação teológica exigida pela Companhia de Jesus, foi ordenado sacerdote. Mas, mesmo antes desta data, estreou-se na pregação pública com o «Sermão da Quarta Dominga da Quaresma», na Igreja de Nossa Senhora da Conceição da Praia, na Baía, em 1633, texto adaptado ao tempo de guerra contra os holandeses, que então se vivia. Foi também neste ano que pregou à Irmandade dos Pretos de um engenho de açúcar da mesma cidade, denunciando as violências de que os escravos negros eram vítimas e incentivando os seus senhores a comportarem-se como verdadeiros cristãos. Profundamente atento ao estado político, militar e social do momento e preocupado com o grande interesse que a Holanda demonstrava em apossar-se de algumas áreas do Brasil, Vieira prosseguiu nas suas prédicas, entre 1638 e 1641. Em 1640 proferiu um dos seus mais célebres sermões, o «Sermão pela vitória das nossas armas contra as de Holanda», em que, inédita e ousadamente, convertendo os ouvintes em testemunhas, interpelou o próprio Deus, que acusou de confundir os portugueses, ao tomar aparentemente o partido dos hereges, chegando a ameaçar com o fim da fé católica no Brasil. Célebre ficou a exclamação do orador: *Quero eu, Senhor, converter-vos a Vós.*

Pouco depois chegou ao Brasil a nova da Restauração da independência de Portugal. D. Jorge de Mascarenhas, Marquês de Montalvão e vice-Rei do Brasil, enviou à metrópole o seu filho D. Fernando para manifestar ao novo rei português a fidelidade das elites políticas da colónia. António Vieira acompanhou-o nesta viagem, possivelmente porque as autoridades locais apreciavam a qualidade da sua pregação e o conhecimento que possuía da realidade brasileira. Chegou a Lisboa em 1641 e, pouco depois de ter desembarcado, foi recebido por D. João IV, com quem desde logo estabeleceu relações próximas e cordiais.

Nomeado pregador régio em 1644, o jesuíta começara, porém, a pregar imediatamente em 1642, na Capela Real, bem como em diversas igrejas da capital. Muitos devem ter sido os sermões proferidos até 1652 (mais de meia centena foram publicados), onde, sem dificuldade, o autor conciliava temas divinos e profanos. Nestes anos, como no decurso de toda a sua vida, os sermões de António Vieira constituem apelos à conversão, mas incluem igualmente a memória das suas propostas de governo e reforma de Portugal e um testemunho da sua atividade contínua, envolvendo as suas emoções e reacções. O sucesso do pregador era imenso, acorrendo numerosos fiéis a ouvi-lo, o que D. Francisco Manuel de Melo registou, nas *Cartas Familiares*, aludindo ao costume aristocrático de *mandar lançar tapete de madrugada em S. Roque para ouvir o Padre Vieira*(1).

Nos primeiros sermões pregados em Lisboa, tal como outros pregadores coevos, agentes da Restauração(2), o jesuíta empenhou-se na demonstração da legitimidade do novo Rei, e, a breve trecho, lançou-se na apresentação a D. João IV de con-

(1) *Cartas Familiares*, Prefácio e notas de Maria da Conceição Morais Sarmento, Lisboa, Imprensa-Nacional Casa da Moeda, 1980, p. 330.

(2) João Francisco Marques, *A Parenética Portuguesa e a Restauração, 1640-1688, A Revolta e a Mentalidade*, Porto, Instituto Nacional de Investigação Científica, Centro de História da Universidade do Porto, 1989.

selhos e planos de atuação política e económica, que deixou registados em numerosas prédicas e que versavam questões como o financiamento da guerra contra Espanha e o restabelecimento financeiro do país, afundado numa crise após sessenta anos de governo filipino. Em 1644, introduziu na corte o tema dos ministros, expondo a tese de que o Rei e o Reino ficariam mais bem servidos se os ofícios fossem os pretendentes e os homens os pretendidos, ao inverso do que então se observava em Portugal. Já em 1647, no «Sermão da Primeira Oitava da Páscoa», pregado na Capela Real, versou a ganância de ministros e cortesãos, sempre descontentes, apesar dos cargos e mercês recebidas, cobiçosos de mais rendimentos e prontos a esvaziar os cofres do Reino. Prosseguindo as suas sugestões de reforma, Vieira começou a acentuar censuras e críticas.

Entretanto, o jesuíta foi investido pelo rei de algumas missões classificadas como "diplomáticas". Em 1646 deslocou-se a Paris e depois a Haia, com o fito de comprar aos holandeses, com o capital de comerciantes judeus portugueses estabelecidos em França e na Flandres, o território de Pernambuco, então na posse dos inimigos, compra que evitaria a Portugal sustentar uma guerra ultramarina contra a Holanda e outra guerra contra a vizinha Castela. Em 1647, foi de novo enviado a Paris, na tentativa de estabelecer o contrato de casamento de D. Teodósio, príncipe herdeiro, com uma filha do Duque de Orleães, projeto que saiu gorado; deslocar-se-ia ainda a Haia, para negociar, desta vez, não a compra mas a cedência aos holandeses do território de Pernambuco, em troca da cessação das hostilidades. Nesta cidade adquiriu ainda algumas fragatas para Portugal, e, antes de ter deixado a Holanda, terá dialogado, em Amsterdão, com o rabi da sinagoga, Menassés ben Israel, despertando talvez para algumas ideias que, mais tarde, alimentariam os seus sonhos do futuro. Por fim, em 1650, foi enviado a Roma, para contratar o casamento de D. Teodósio com a filha única de Filipe IV, e, ao mesmo tempo, incentivar a insurreição do Reino de Nápoles contra o domínio espanhol.

Ambas as diligências falharam, porque, no fundo, ao mesmo tempo que se procuravam alianças com Castela, urdiam-se traições em surdina contra o reino vizinho (com quem a paz foi somente restabelecida em 1668), sendo Vieira intimado pelo embaixador de Espanha a sair o mais brevemente possível de Itália.

Mais tarde, D. Luís de Meneses, 3º Conde da Ericeira, na sua obra *História de Portugal Restaurado* (1679-1698), veio a atribuir ao caráter e à inteligência particular do Padre António Vieira o insucesso da sua atividade diplomática:

> Mandou S. M. [D. João IV] a França o Padre António Vieira, da Companhia de Jesus, sujeito em quem concorriam todas as partes necessárias para ser contado como o maior pregador do seu tempo; porém, como o seu juízo era superior, e não igual, aos negócios, muitas vezes se lhe desvaneceram, por querer tratá-los mais subtilmente do que os compreendiam os príncipes e ministros com que comunicou muitos de grande importância.([3])

Quer de facto se tenha limitado a cumprir ordens de D. João IV, quer tenha porfiado em soluções insólitas, ou pelo menos invulgares para a época, faltando-lhe por isso o apoio consistente dos que rodeavam o monarca em Lisboa, a verdade é que nem tudo foram derrotas para o Padre António Vieira. Vencido no que às propostas sobre a cedência de Pernambuco dizia respeito, uma vez que entretanto os portugueses derrotaram os holandeses no Brasil, conseguiu de D. João IV, em 1649, o alvará para a fundação da Companhia

([3]) O Padre António Vieira endereçou ao Conde da Ericeira uma carta na qual explicou e justificou detalhadamente as ações que levara a cabo por ordem de D. João IV. *Cartas do Padre António Vieira* coordenadas e anotadas por J. L. de Azevedo, Lisboa, Imprensa Nacional, 1971, vol. III, p. 573. Todas as citações das cartas do Padre António Vieira provêm desta edição.

de Comércio para o Brasil, com base em capitais judeus. Ao soberano havia o jesuíta endereçado diversos papéis sobre ambos os assuntos e outros afins (por exemplo, a *Proposta feita a El-Rei D. João IV em que se lhe representava o miserável estado do Reino*, de 1643, e a *Proposta que se fez ao Sereníssimo Rei D. João IV a favor da gente de nação sobre a mudança dos estilos do Santo Ofício e do Fisco*, em 1646), entre os quais se destacou, pela argumentação cerrada, o *Papel Forte*, que propunha a oferta de Pernambuco aos holandeses a troco da paz.

Contudo, foi também no ano de 1649, possivelmente devido à posição eminente que o pregador alcançara, às negociações que entabulara para a entrega de Pernambuco e aos contactos que estabelecera com as comunidades expatriadas de judeus (a ponto que havia quem receasse que o jesuíta entregasse o Brasil aos holandeses e Portugal aos cristãos-novos), que se acentuaram as acusações e perseguições movidas contra Vieira por diversos inimigos, confrades e superiores da Companhia de Jesus, membros da Inquisição e funcionários régios. A primeira denúncia contra o jesuíta chegou ao Tribunal do Santo Ofício neste ano, vinda do capelão do Marquês de Nisa, mas D. João IV protegeu-o. Neste ano, Vieira terá iniciado a redação de excertos da *História do Futuro*.

Os sermões proferidos em Lisboa no final da década de 40 e no início da de 50, como o «Sermão da Primeira Sexta-feira da Quaresma», pregado em 1649, na Capela Real, ou o «Sermão de Nossa Senhora da Graça», pregado em 1651, na Igreja de Nossa Senhora dos Mártires, nos quais Vieira se referiu, ironicamente, à *sem-razão ou injúria tão honrada de ter inimigos, da qual ninguém se deve doer ou ofender*, e contrapôs a constância da graça de Deus à fragilidade e às pensões da graça do Rei, testemunham o seu agastamento, desilusão e mesmo raiva, quer perante um conjunto de ministros e servidores invejosos e parasitas, quer perante um monarca pouco firme.

De igual modo, as cartas que redigiu entre 1646 e 1650, preferencialmente ao Marquês de Nisa, então embaixador de

Portugal em Paris, para além de darem conta das suas acidentadas viagens, dos contactos estabelecidos no estrangeiro e dos esforços envidados para resolver os problemas cuja solução lhe tinha sido confiada, registam juízos severos acerca de um país mal governado, que punha obstáculos à atividade diplomática dos seus legados e que não agia em sintonia com as decisões tomadas.

Por esta altura, não foi difícil aos seus opositores, jesuítas incluídos, subtraí-lo à proteção régia oficial e fazê-lo partir para as terras do Maranhão e do Pará, onde a evangelização se fazia urgente. No final de 1652, perante a quase impassibilidade de D. João IV, Vieira embarcou para o Brasil como superior de missão, num estado de espírito contraditório, que oscilava entre a deceção de se ver afastado do centro do poder e o entusiasmo do trabalho evangélico.

Em 1653 Vieira iniciou, no Maranhão, um fulgurante período de missionação que terminou apenas em 1661, com a expulsão dos jesuítas desta província e do Pará. A atividade desenvolvida ao longo destes anos, juntamente com outros membros da Companhia de Jesus, ficou registada nas longas epístolas que escreveu aos membros da sua ordem e ao Rei, e nos sermões que pregou, tanto no Brasil, aos colonos, como à Corte, na visita relâmpago a Portugal entre 1654 e 1655, destinada a obter de D. João IV vários privilégios para os jesuítas, no que à captura e escravização dos índios dizia respeito.

As primeiras cartas enviadas do Maranhão são o testemunho de um ativíssimo missionário, maravilhado perante a riqueza natural da zona e suas particularidades animais e vegetais e muito empenhado na evangelização dos índios. Vieira e os seus companheiros desdobraram-se em atividades tais como a pregação – para o que aprenderam as línguas locais –, a ministração de sacramentos, a produção de vários catecismos adaptados aos indígenas, a divulgação do culto mariano, etc. O jesuíta tudo previa e organizava diligentemente, acorrendo às necessidades imediatas e engendrando soluções a longo prazo, pensando, certamente, na conversão universal à fé católica, etapa indispensável para o estabelecimento, sobre a Terra, do Reino de Cristo, sonho que alimentava há algum tempo. Destaque-se, entre as muitas deambulações – *os passos* – do Padre António Vieira, a famosa subida do Rio dos Tocantins, iniciada em dezembro de 1653, na companhia de outros padres jesuítas, com a finalidade de trazer à conversão os índios que habitavam em paragens distantes e inacessíveis.

Nem tudo foram rosas, porém, na missionação do Brasil. Os jesuítas defrontaram-se com povos rebeldes e por vezes violentos, que falavam línguas incompreensíveis, e tiveram que vencer, noutras ocasiões, uma natureza agreste e um clima violento. Mas, como Vieira explicou nas epístolas endereçadas a D. João IV, o maior obstáculo ao trabalho de evangelização dos índios foi o comportamento rapace dos colonos portugueses. Estes, desrespeitando as disposições do monarca, entravam pelos sertões para cativarem os índios, que faziam trabalhar duramente nas plantações e nas suas casas, negando-lhes o descanso, a liberdade e o acesso à Palavra de Deus.

Vários sermões pregados no Maranhão testemunham este estado de coisas e são a voz do Padre António Vieira incitando os colonos à conversão e à prática da justiça (como o «Sermão da Primeira Dominga da Quaresma», de 1653, onde o pregador chamou a atenção do auditório para o valor da alma e para a facilidade com que ela se condenava pela prática de cativeiros injustos, ou o sermão da «Quinta Dominga da Quaresma», de 1654, chamado *das mentiras*, pelo facto de nele o jesuíta denunciar a desonestidade dos portugueses). Noutros condenou a sua cobiça, crueldade e arrogância (como no «Sermão de Santo António aos Peixes», célebre pelo recurso às imagens marinhas, através das quais o pregador retratou os vícios dos senhores dos índios) e chegou mesmo a apelar ao seu envolvimento no trabalho da evangelização (como, no «Sermão do Espírito Santo», de 1657, onde considerou que aos seculares, homens e mulheres, cabia também a obrigação de levar a fé e a lei de Cristo aos gentios).

Cansado da reincidência dos colonos, que, acobertados por algumas autoridades locais, prosseguiam na captura e escravização dos índios dos sertões, Vieira efetuou uma velocíssima viagem a Lisboa([4]), entre 1654 e 1655, com a finalidade de assegurar à Companhia de Jesus largos poderes no controle da captura dos indígenas e o seu governo temporal e espiritual. D. João IV concedeu-lhe vários privilégios numa Provisão Régia: dali por diante seriam os jesuítas a supervisionar as saídas dos colonos aos sertões, de modo a que fossem trazidos para os territórios explorados pelos portugueses apenas os índios que estivessem já condenados à escravatura devido a lutas intertribais, cabendo aos religiosos da Companhia distribuí-los pelos colonos; os residentes nas aldeias portuguesas e os que trabalhavam nas pesadas lavouras do açúcar e do tabaco seriam também vigiados e protegidos dos excessos dos patrões pelos padres inacianos.

Entretanto, durante a passagem pela capital, o jesuíta pregou alguns dos seus mais furiosos sermões, todos relacionados, de alguma maneira, com a experiência vivida no Brasil, como o «Sermão da Sexagésima», onde denegriu asperamente os pregadores paçãos, comodistas, exibicionistas e alheios ao serviço de Deus, ao inverso dos pregadores missionários que davam a vida pela evangelização; o «Sermão do Bom Ladrão», onde, depois de ter denunciado escândalos no governo das províncias do Brasil (acumulação de riquezas ilícitas, gestões fraudulentas), acusou D. João IV do crime de corrupção passiva e afirmou despudoradamente que os reis que protegem os latrocínios dos seus servidores são por eles arrastados para o

([4]) Essa viagem viria a revelar-se acidentada. Vieira naufragou ao largo dos Açores e pregou em S. Miguel um «Sermão de Santa Teresa», onde, comparando-se a Jonas, acentuou o caráter providencial da sua atuação (Maria do Céu Fraga, «Vieira, intérprete das 'palavras do Céu'», *Os Açores na Rota do Padre António Vieira, Estudos e Antologia*, Org. Maria do Céu Fraga, José Luís Brandão da Luz, Ponta Delgada, Universidade dos Açores, 2010, pp. 37-47).

Inferno; o «Sermão da Terceira Dominga da Quaresma», onde censurou os ministros ambiciosos que acumulavam cargos, servindo-se deles para proveito próprio e não para o bem comum.

De regresso ao Brasil, Vieira entregou-se de novo à protecção e evangelização dos índios, contra os interesses dos colonos, mas após a morte de D. João IV, em 1656, a posição dos jesuítas tornou-se mais vulnerável. Três anos volvidos, em 1659, António Vieira enviou ao jesuíta André Fernandes, bispo eleito do Japão, a carta que se tornou conhecida sob o nome de *Esperanças de Portugal* (com o subtítulo *Quinto Império do Mundo, Primeira e Segunda Vida de El-Rei D. João IV*), redigida, segundo contou, a bordo de uma pequena canoa em que navegava o Amazonas. Dando azo à veia profética que desde cedo manifestara nos seus discursos, o Padre António Vieira anunciava a ressurreição de D. João IV e a sua vitória sobre os Turcos, que então ameaçavam a cristandade, e profetizava que este rei dominaria temporalmente um extenso império onde, depois da redução dos judeus à fé cristã e da extirpação de todas as heresias, o conhecimento de Cristo seria universal e reinaria a paz perfeita. Estas profecias apoiavam-se nas trovas de Gonçalo Anes Bandarra (1500-1566), autor censurado pela Inquisição. Da carta foram feitas várias cópias, mesmo antes de ela ter chegado a Lisboa, uma das quais foi entregue ao Santo Ofício.

Em 1661, os colonos, saturados dos obstáculos que os jesuítas levantavam, desde 1653, ao aprisionamento e escravização dos índios, e alegando que sem o trabalho destes não conseguiriam rentabilizar as suas explorações, lograram a expulsão de Vieira e dos seus confrades do Maranhão. O pregador regressou a Lisboa, num momento pouco propício para os seus interesses, já que, verificada a incapacidade de D. Afonso VI, alguns nobres, como o Conde de Castelo Melhor, tentavam apoderar-se das rédeas do governo. Mesmo assim, Vieira pronunciou, no início de 1662, na Capela Real, o célebre «Sermão da Epifania», onde, recordando o dever missionário do povo português e pintando os colonos como lobos e os índios como cordeiros, teceu, perante o Rei e os altos quadros do país, duras críticas ao modo como os jesuítas haviam sido tratados pelos senhores do Brasil e apresentou o estado de abandono em que ficavam os povos recém-evangelizados.

Apesar desta exposição, em 1663, uma provisão do Conselho Ultramarino retirou vários privilégios à Companhia de Jesus no Brasil, que viu também diminuídas as suas possibilidades de evangelização dos indígenas. Vieira foi proibido de regressar ao Brasil e foi afastado pelos novos governantes do Reino para o Porto e depois para Coimbra, com residência fixa no Colégio da Companhia.

Em maio desse mesmo ano, foi pela primeira vez chamado a depor pelo Tribunal da Inquisição, devido ao conteúdo da carta *Esperanças de Portugal*, de que nove proposições haviam sido censuradas pela Inquisição romana. Os Inquisidores levantaram ainda dúvidas sobre a ortodoxia de um livro que o jesuíta se propunha escrever, a *Clavis Prophetarum*, onde, interpretando as palavras de vários profetas, apresentaria o Reino de Cristo Consumado na Terra ou o Quinto Império. Até 1667, o Tribunal prosseguiu os interrogatórios e pressionou-o de modo a que definisse as suas profecias e os seus sonhos do futuro.

Assim, durante perto de cinco anos, Vieira dedicou-se essencialmente à atividade escrita. Nas cartas enviadas aos seus amigos, sobretudo a D. Rodrigo de Meneses, destacam-se, para além do olhar atento à situação do país e à política externa, a constante referência a prodígios e cometas que prenunciavam as felicidades futuras de Portugal (a que aludira na carta *Esperanças de Portugal* e que seriam o tema da *História do Futuro*, obra de que deixou apenas alguns fragmentos), a labuta em torno da consulta de obras proféticas e as alusões constantes a um estado de saúde débil agravado pelo clima de Coimbra. Por outro lado, dado que o Tribunal do Santo Ofício não se contentava com respostas orais, como explicou em carta enviada a D. Rodrigo de Meneses, a 14 de setembro de

1665([5]), o jesuíta lançou-se no afã da produção de textos para a sua defesa perante a Inquisição. Destes constam um conjunto de escritos, eventualmente concebível como uma *Apologia das coisas profetizadas*([6]), alguns excertos da *História do Futuro* (em certos pontos confundíveis com a apologia), o *Livro Anteprimeiro da História do Futuro* (do qual alguns excertos chegaram a circular na corte, em 1665, certamente para atrair o favor régio e o do primeiro-ministro([7]) e a *Defesa perante o Tribunal do Santo Ofício*, onde expôs o assunto do livro que tinha a intenção de escrever, a *Clavis Prophetica* ou o *De Regno Christi* e regressou a alguns pontos que tinha a intenção de tratar na *História do Futuro*. A redação de todos estes documentos, que o obrigou a sistematizar ideias anteriormente em constante reelaboração na sua mente, esgotou-lhe a saúde. Por outro lado, o grande peso do isolamento em que vivia, principalmente após 1666, ano em que ficou fechado numa cela do cárcere de custódia da Inquisição, levou-o a confessar que chegara a adoecer da enfermidade de se ver longamente forçado a *cozer desgostos e discursos sem poder romper o silêncio*([8]).

No final de 1667, apesar de ter apostatado das afirmações consideradas heterodoxas pelo Tribunal, o Santo Ofício sentenciou Vieira à privação de voz ativa e passiva e do direito de pregar e condenou-o à reclusão num colégio ou casa da Companhia de Jesus. Contudo, no ano seguinte, tendo D. Pedro assumido o governo, como Príncipe Regente (facto que reconduziu igualmente ao poder alguns nobres protetores

([5]) *Cartas*, vol. II, pp. 245-246.

([6]) Assim o entendeu Adma Muhana que publicou, em 1994, a *Apologia das Coisas Profetizadas*, reunindo alguns Apensos do processo de Vieira na Inquisição.

([7]) Carta de 23 de março de 1665 a D. Rodrigo de Meneses e carta de 8 de maio de 1665 a D. Teodósio de Melo. *Cartas*, vol. II, pp. 142--143 e pp. 163-165.

([8]) Carta a D. Rodrigo de Meneses de 24 de agosto de 1665. *Cartas*, vol. II, pp. 223-224.

do jesuíta, como o Duque de Cadaval, o Marquês de Gouveia, etc.), a Inquisição libertou-o da pena de residência fixa, continuando, porém, a proibi-lo de tratar as proposições que haviam sido julgadas heterodoxas. No final de todo este processo, Vieira confessou-se um homem destruído, em carta dirigida ao Duque de Cadaval, em 1668: *Assim que não escreve a V. Ex.ª o António Vieira que foi, senão o que é ou o que deixou de ser...*([9]).

Porém, rapidamente o pregador regressou, enérgico, ao púlpito da Capela Real para festejar a união de D. Pedro com D. Maria Francisca de Saboia, o nascimento da princesa D. Isabel e o fim das hostilidades com Espanha. Apesar disto, o Príncipe Regente não deu sinais de o querer envolver nos seus conselhos nem de o ouvir a respeito de decisões políticas. Insistindo, no «Sermão da Terceira Quarta-feira da Quaresma», de 1669, Vieira abordou afoitamente, de novo na Capela Real, o tema do consolo dos mal despachados nas cortes e governos, tema de evidentes ressonâncias biográficas, mas que revelava igualmente as suas pretensões de bem ordenar o desempenho de D. Pedro e seus ministros e de reformar a administração do Reino. Duas semanas depois, na Igreja da Misericórdia, versando o Evangelho da cura de um cego, censurou subtilmente o auditório, discorrendo sobre aqueles que, tendo olhos, não viam.

Convicto nesta altura de que a sua voz contava pouco na corte e no governo, e temendo novas represálias do Santo Ofício, o jesuíta partiu para Roma, quase no fim do ano, sob o pretexto oficial de reativar o processo de canonização do Beato Inácio de Azevedo e seus companheiros, martirizados pelos calvinistas holandeses quando navegavam para o Brasil em 1570, mas, na realidade, visando uma revisão e, eventualmente, uma anulação da sentença que recebera da Inquisição portuguesa. Para tal empenhou-se na redação de vários memo-

([9]) *Cartas*, vol. II, p. 265.

riais que fez chegar ao Sumo Pontífice, onde expôs os defeitos e injustiças do seu processo e as razões que fundamentavam as proposições arguidas e censuradas.

Em Roma, bem acolhido pelo Geral da Companhia de Jesus, João Paulo Oliva, e protegido por alguns cardeais, em breve ganhou muito prestígio. Foram anos de abundante redação de cartas, de frequente e afamada pregação em português e em italiano, e, certamente, de grande enriquecimento cultural na cidade onde, como observou a Duarte Ribeiro de Macedo, *se unem os espíritos vitais do mundo*([10]).

Na Igreja de Santo António dos Portugueses, símbolo da presença nacional em Roma, pregou Vieira em vários momentos do tempo litúrgico. Em junho de 1670, aí proferiu um dos seus mais conhecidos sermões de Santo António, no qual se referiu à missão evangelizadora de Portugal, *canteirinho da Europa, cantinho de terra pura e mimosa de Deus onde quis o Céu depositar a Fé, que dali se havia de derivar a todas as vastíssimas terras*([11]), ideia sempre presente na sua mente, que o animou de fervor missionário e alimentou o sonho de um Reino de Cristo sobre a Terra. Vieira declarou então aos portugueses *as luzes* da nação, mas, um ano depois, possivelmente agastado pela ingratidão da pátria e do Regente, e sempre consciente do seu valor, preparou um outro sermão de Santo António, que não chegou a pregar (mas que várias vezes terá reformulado), onde apontava as *sombras* da nação, terra invejosa que não só não reconhecia os filhos ilustres, como os asfixiava e destruía. Torna-se evidente, nestes sermões, a indissociável ligação entre a vida e a obra do Padre António Vieira.

([10]) Carta a Duarte Ribeiro de Macedo de 16 de fevereiro de 1676. *Cartas*, vol. III, p. 222.

([11]) *Sermões*, vol. III, p. 74 (com pequenas adaptações). Porque a edição crítica dos *Sermões* do Padre António Vieira se encontra ainda em curso todas as citações dos sermões provêm da edição das *Obras Completas do Padre António Vieira, Sermões*, Porto, Lello & Irmão Editores, 1993.

Em 1672, começou a pregar em italiano em igrejas e oratórios de renome, para um público refinado que incluía cardeais da cúria romana e membros da nobreza italiana. Confessou, nalgumas cartas endereçadas a Duarte Ribeiro de Macedo, a sua relutância em fazê-lo, considerando como *temeridade* expressar-se nesta língua e declarando que o fazia apenas pelo dever de obediência a João Paulo Oliva. Em 1674, Vieira pregou na corte da Rainha Cristina da Suécia, que se tinha estabelecido em Roma, *Le cinque pietre della fionda di David*, um conjunto de cinco sermões, que classificou, pelo esforço a que o obrigaram, como *os cansadíssimos sermões da Rainha*([12]), e onde, à semelhança de David derrubando o gigante, apontou as pedras da sua funda a Roma, cabeça do mundo. Contudo, mais do que críticos, estes sermões afiguram-se penitenciais, traçando um caminho conducente à conversão. Seduzida pelo dom da palavra do jesuíta, a Rainha ofereceu-lhe o cargo de pregador régio, que Vieira recusou, certamente para vincar a sua fidelidade a D. Pedro, assim como mais tarde, em 1679, recusou o convite para confessor que a soberana lhe dirigiu.

Foi neste período que redigiu o maior volume de cartas, a grande maioria dirigida a Duarte Ribeiro de Macedo, então embaixador de Portugal em Paris. Nelas referiu-se aos acontecimentos ocorridos em Itália, registou toda a evolução política, militar e económica europeia, bem como as relações entre os estados mais poderosos deste continente, e comentou os sucessos e insucessos da pátria, que sempre lhe pareceu desgovernada e inconsequente. A epistolografia constituiu, nesta fase, o seu modo de permanecer ativo e interventivo, através de apreciações, de críticas, de sugestões, de soluções engendradas. Foi assim que recordou, várias vezes, as propostas de reforma económica que anteriormente havia feito, nomeada-

([12]) Carta a Duarte Ribeiro de Macedo de 13 de fevereiro de 1674. *Cartas*, vol. III, p. 16.

mente o recurso a capitais de judeus e cristãos-novos para a fundação de companhias mercantis e para a reabilitação da economia portuguesa, medidas que contribuiriam para o enriquecimento do país.

Vieira referiu-se ainda, nas cartas deste período, ao avanço dos Turcos pela Europa, facto que relacionou com a alvorada das felicidades que esperavam Portugal. A sua vertente profética mantinha-se bem acordada e tudo indica que foi durante a sua permanência em Roma, beneficiando das ricas livrarias da cidade, que o jesuíta deu início à redação em latim da *Clavis Prophetarum*, obra que anunciava o estabelecimento do Reino de Cristo sobre a Terra.

Em Roma empenhou-se ainda num combate a favor da mudança de *estilos* de processar judeus e cristãos-novos pela Inquisição portuguesa, que considerava mesquinha e provinciana. Vieira lutou por fazer valer os pedidos dos seus protegidos que pretendiam que aos réus do tribunal fossem dados a conhecer os seus acusadores, para assim poderem organizar eficazmente a defesa, e que, enquanto presos e julgados, não lhes fossem confiscados os bens. Redigiu, neste contexto, o *Parecer em favor da gente de nação hebreia*, que enviou ao Príncipe D. Pedro, e o *Desengano católico sobre a causa da gente de nação hebreia*, entre outros papéis. Todo este combate se saldou por uma pequena vitória do jesuíta, já que, em 1674 e até 1681, foi decretada a suspensão do Tribunal português, medida que, aliás, nada agradou a D. Pedro.

Apesar de tantas oportunidades e sucessos, Vieira viveu a sua estada em Roma como um exílio, como afirmou em carta de 1674 a Duarte Ribeiro de Macedo: *Roma para mim é Lisboa, onde estou sempre com o pensamento, e por isso sempre triste*. Portugal não deixava a mente e o coração deste português, homem político que desejava servir a pátria e empurrá-la para um futuro grandioso.

Em 1675, o Papa Clemente X isentou-o da jurisdição do Santo Ofício português e absolveu-o de todas as penas até então proferidas contra ele. Vieira regressou a Lisboa nesse mesmo ano, alimentando certamente a esperança de voltar a ser o pregador cívico e interventivo que fora em vida de D. João IV. Contudo, D. Pedro, apesar de o ter recebido cordialmente, manteve-o longe dos negócios do estado (*Amores e mais amores, mas sem o fruto que eu desejava...*([13]), escreveu a Duarte Ribeiro de Macedo), o que terá contribuído para o olhar extremamente crítico que lançou sobre Portugal meses depois:

> Aqui nos achamos em meados de fevereiro com as árvores floridas, e a primavera tão entrada e com tão formosos dias que, para quem esteve ausente, parece este nosso país diferente mundo do que por lá se padece, por mais que os seus habitadores o tenham defendido e enfeitado com a arte. Por estes benefícios singulares, com que Deus dotou a nossa pátria, consinto que V. S.ª lhe chame amada e amável. Mas depois que V. S.ª cá vier, entendo experimentará V. S.ª quão pouco ela merece estes elogios amorosos, assim pelo que nela fizeram e fazem os homens, como muito mais pelos mesmos homens.
>
> O racional aqui é de outra espécie, e tão alheia do que significa o nome de razão, que lhe parecerá a V. S.ª que entra na Cítia, e não numa parte tão nobre de Espanha.([14])

Até 1681, ano em que partiu para o Brasil, António Vieira acumulou na capital portuguesa vários desgostos, a que se referiu nas cartas, para além da grande deceção de se ver afastado do círculo de colaboradores de D. Pedro. Contudo, apesar dos seus amargos e por vezes sarcásticos comentários à situação do país dissipador e desgovernado, deixou frequentemente transparecer nas suas epístolas o veemente desejo de ainda servir a pátria, com pareceres, propostas e atos concre-

([13]) Carta a Duarte Ribeiro de Macedo de 29 de outubro de 1675. *Cartas*, vol. III, p. 206.

([14]) Carta a Duarte Ribeiro de Macedo de 16 de fevereiro de 1676. *Cartas*, vol. III, p. 222.

tos. Foi também nestes anos que, retirado numa quinta que a Companhia de Jesus possuía em Carcavelos, se ocupou, finalmente, da edição dos *Sermões*. Em 1679 saiu à luz o primeiro volume, dedicado ao Príncipe Regente, que o custeou, enquanto os restantes foram preparados e enviados da Baía.

De facto, apesar de no final de 1680 ainda ter planeado entusiasticamente um novo projeto de ação missionária dos jesuítas no Maranhão, que expôs numa extensa carta endereçada ao Padre Superior daquela província, ao chegar ao Brasil, Vieira recolheu-se em relativo isolamento na Quinta do Tanque, nos arredores da cidade da Baía. Daí prosseguiu a sua correspondência, lastimando as *misérias e ruínas* daquele canto da América, *nascidas todas não das plantas que nesta terra* [o Brasil] *crescem, mas das raízes que nessa* [Portugal] *se lhe secam*, como escreveu a Diogo Marchão Temudo([15]), e o trabalho de preparação da edição dos sermões, até ao tomo XIII. Contou, para tal, com o auxílio de dois secretários, o Padre José Soares e o Padre António Maria Bonucci, dado que a cegueira e outras debilidades físicas se intensificavam.

Em 1682, quando a sua imagem foi queimada num auto-de-fé simulado, em jeito de paródia, pelos estudantes da Universidade de Coimbra, que o apelidavam de judeu vendido aos judeus, Vieira mostrou-se profundamente magoado pela ingratidão do Reino (*Não merecia António Vieira aos portugueses, depois de ter padecido tanto por amor da sua pátria e arriscado tantas vezes a vida por ela, que lhe antecipassem as cinzas e lhe fizessem tão honradas exéquias.*([16])), tanto que, em 1684, voltou a referir-se ao facto em carta endereçada ao cónego Francisco Barreto([17]). Em 1683, o jesuíta sofreu ainda

([15]) Carta a Diogo Marchão Temudo de 29 de junho de 1691. *Cartas*, vol. III, p. 629.

([16]) Carta de 23 de maio de 1682 ao Marquês de Gouveia. *Cartas*, vol. III, p. 465.

([17]) *Cartas*, vol. III, p. 509.

um revés, ao ser acusado de participar no homicídio do Alcaide-mor da Baía.

Já em 1688, recebeu de Roma o cargo de Visitador da Província do Brasil que desempenhou durante três anos, após os quais regressou à Quinta do Tanque, onde prosseguiu as tarefas relacionadas com a publicação dos sermões e a redação da *Clavis Prophetarum*. Em 1690, publicou um pequeno mas importante volume intitulado *Palavra de Deus Empenhada e Desempenhada*, onde voltou a manifestar publicamente a sua crença num futuro providencial e grandioso para Portugal, que, desta feita, passaria pela atuação do herdeiro de D. Pedro II e de D. Maria Sofia de Neuburgo, a quem estava reservado o triunfo sobre os Turcos e, posteriormente, o domínio de um império universal, simultaneamente de Portugal e de Cristo, o Quinto Império.

Esta notável intervenção pública, política e profética do jesuíta, demonstra plenamente que a sua vertente profética e que a sua visão de uma história que caminhava para um fim regenerado e sacralizado por Cristo, que abarcaria pacificamente todos os homens, o acompanhou ao longo de toda a vida.

As últimas cartas são o testemunho de um homem idoso, abatido por várias e frequentes enfermidades, pela morte de alguns dos seus companheiros mais queridos, quase cego, sem dentes para pregar, mas nem por isso menos lúcido, mais resignado ou mais passivo. Portugal, a administração das suas possessões e os negócios do mundo ocupavam ainda o seu pensamento e agitavam nele um frémito interior, a ponto de, em 1696, achar-se *vivo, firme e ardentíssimo* o seu *desejo de poder prestar para qualquer mínimo aceno do agrado* de D. Pedro II([18]) e de, em 1697, encomendar a D. Catarina de Bragança conselhos de atuação para o monarca, seu irmão.

([18]) Carta ao Padre Manuel Pires de 30 de junho de 1696. *Cartas*, vol. III, p. 704.

De facto, o Padre António Vieira entregou-se plenamente à vida, ao mundo e aos homens do presente e do futuro, como filho fiel da militante e ativa Companhia de Jesus. Por isso ficou longe do sábio aforismo de um cardeal romano, que apreciou e citou em carta ao Conde de Castelo Melhor, de 8 de julho de 1692:

> 'O mundo não engana, prega.'Venturoso quem entende as suas pregações e se aproveita delas, emendando os erros do próprio desejo, e não o querendo emendar a ele.([19])

Faleceu a 18 de julho de 1697, tendo ainda ditado, no dia anterior, uma carta. Após a morte de Vieira, todos os seus papéis foram guardados numa arca com duas fechaduras, cujas chaves ficaram na posse do Provincial dos jesuítas, de então, e do Reitor do Colégio da Baía. Em 1714, o Geral dos jesuítas ordenou que ela lhe fosse enviada para Roma mas, de facto, a arca acabou por ficar nas mãos do Tribunal do Santo Ofício de Lisboa. Os autógrafos do Padre António Vieira vieram todos a desaparecer depois do Padre André de Barros, seu biógrafo, ter visto parte deles, supondo-se que os que escaparam ao terramoto de 1755 foram destruídos quando o Marquês de Pombal expulsou os jesuítas de Portugal.

2. Os sermões

Os sermões constituem a mais conhecida parte da obra do Padre António Vieira, talvez devido ao facto de serem considerados, de forma geral, os textos de maior valor literário e interventivo produzidos pelo autor e de serem ainda hoje abordados na escola. Mas, para lá do seu interesse como peças estéticas e críticas, os sermões do Padre António Vieira consti-

([19]) *Cartas,* vol. III, p. 659.

tuem um conjunto riquíssimo e variado, aberto a diversas leituras e percursos de investigação.

2.1. Da palavra dita à palavra escrita[20]

Os *Sermões* foram publicados em quinze volumes, treze entre 1679 e 1699, sob a supervisão do autor (embora o derradeiro tenha vindo à luz após a sua morte), e dois postumamente, em 1710 e 1748, este último da responsabilidade do seu primeiro biógrafo, André de Barros. O primeiro foi dedicado ao Príncipe Regente D. Pedro, que o patrocinou, possivelmente num gesto de compensação pelo afastamento a que votara o grande pregador de D. João IV. Os treze volumes que Vieira ordenou contêm cento e noventa sermões, número que não corresponderá à quantidade de discursos que o pregador proferiu. Inversamente, o jesuíta fez imprimir vários sermões que não pregou, como muitos dos que se encontram reunidos nos dois volumes *Maria, Rosa Mística, Excelência, Poderes e Maravilhas do seu Rosário* (1686-1688), dedicados *à Soberana Majestade da Virgem*, e os que integram o volume *Xavier Dormindo e Xavier Acordado*, de 1694, obra concebida como um panegírico a ler e não como uma recolha de peças pregadas.

Desde cedo que o jesuíta teria tido a intenção de publicar os sermões numa edição por si creditada, ciente de que alguns deles circulavam em versões adulteradas (provenientes de notas tomadas por ouvintes durante as pregações) e de que em Espanha, desde 1661, corriam edições espúrias dos seus tex-

---

([20]) Retoma-se, reformulando-o, o título de um importante artigo de Aníbal Pinto de Castro «Os sermões de Vieira: da palavra dita à palavra escrita», *Vieira Escritor*, org. Margarida Vieira Mendes, Maria Lucília Gonçalves Pires e José da Costa Miranda, Lisboa, Edições Cosmos, 1997, pp. 79-94.

tos. Contudo, foi com relutância que aceitou, em 1658, a ordem expressa dos superiores jesuítas para preparar uma edição dos sermões, ainda que o seduzisse a ideia de financiar as missões do Maranhão com as somas obtidas na venda dos volumes([21]). Só mais tarde Vieira começou a dedicar-se à tarefa, durante a sua segunda permanência em Roma e mediante a insistência do Geral da Companhia de Jesus, João Paulo Oliva, sempre lamentando-se do tempo gasto na ordenação das suas *choupanas*, metáfora com que designava os sermões, que o forçava a descurar a tarefa para si mais grata e valiosa da redação de textos proféticos, classificados como *palácios altíssimos*([22]).

Antes de mais, é necessário ter presente que os sermões escritos e editados, a que hoje temos acesso (nem sempre em edições cuidadas([23])), não correspondem exatamente aos textos orais proferidos pelo Padre António Vieira, mas sim a uma reelaboração levada a cabo pelo autor, a partir de *borrões*, em diverso estado, que deles possuía. Mesmo o próprio pregador tinha consciência, segundo declarou no Prólogo do primeiro volume da primeira edição dos *Sermões*, da radical diferença entre um texto dito e um texto escrito, chamando *cadáveres ressuscitados* aos discursos impressos sem a voz que os animava.

Por outro lado, o jesuíta alterou ou rasurou deliberadamente o conteúdo de alguns sermões, de acordo com o que afirmou nas cartas, ao observar que as circunstâncias da pre-

([21]) Carta a um padre, fevereiro de 1658. *Cartas*, vol. I, p. 454.

([22]) Metáforas que, aliás, provêm da pena de Sebastião de Matos e Sousa, secretário do Duque de Cadaval, que requereu ao jesuíta, durante anos, que concluísse o texto da *Clavis*, semelhante aos *palácios* inacabados da corte. Por oposição, Vieira referiu-se aos sermões como *choupanas*.

([23]) A edição dos *Sermões* da Lello & Irmãos Editores, aqui utilizada, não é a mais cuidada. Deseja-se que chegue a bom termo a edição crítica da obra, dirigida por Arnaldo do Espírito Santo, Maria Cristina Sousa Pimentel e Ana Paula Banza, da Imprensa Nacional – Casa da Moeda.

gação o tinham obrigado a discursos que, no tempo da edição, lhe pareciam demasiado agressivos, no que dizia respeito, por exemplo, a comentários sobre os espanhóis, com quem posteriormente se haviam celebrado pazes, ou à Santa Sé, com quem entretanto Portugal havia restabelecido relações regulares.

Mas o inverso também sucedeu, tendo as circunstâncias do tempo da edição levado o autor a realçar ou a acrescentar diversas afirmações e comentários aos esboços de alguns sermões. Assim, por exemplo, no «Sermão de S. Roque», pregado na Capela Real em 1652 e publicado em 1685, no vol. IV dos *Sermões*, que tem por tema *A homens nem servir, nem mandar, a Deus, e só a Deus, servir*, as dolorosas considerações acerca dos empenhados servidores de um rei, cujos serviços são depois esquecidos ou ignorados pelo seu sucessor, devem ler-se como um dos numerosos lamentos do pregador pelo afastamento a que D. Pedro II o votou. No «Sermão de Santo António», que deveria ter sido pregado em Roma em 1671, e que deveria surgir no vol. III dos *Sermões*, tomo pronto para impressão desde 1682, a intensidade das amargas críticas à pátria empenhada em destruir os seus filhos mais ilustres deverá resultar do facto de, neste último ano, alguns estudantes de Coimbra terem queimado uma estátua do orador, durante um auto de fé parodiado. Já o «Sermão da Quarta Dominga da Quaresma», de 1655, pregado pelo jesuíta em Lisboa, durante a sua breve interrupção dos trabalhos de missionação no Maranhão, foi considerado pelo autor, quando o publicou no mesmo vol. III, uma *alegoria mui natural* da sua derradeira partida para o Brasil([24]), em 1681, o que se torna claro na abertura, *Não foge uma só vez quem foge de coração*, e na subsequente referência a Cristo, que várias vezes se apartou dos homens. Quanto ao «Sermão da Primeira Oitava da Páscoa», pregado em 1656 no Pará, quando se tinha intensifi-

([24]) Carta ao Marquês de Gouveia de 23 de julho de 1682. *Cartas*, vol. III, p. 473.

cado a busca de riquezas minerais no Sul do Brasil, Vieira incluiu-o no vol. IV, publicado por ocasião do envio para a metrópole da primeira remessa de esmeraldas trazidas do sertão brasileiro. Finalmente, refira-se ainda o «Sermão da Epifania», pregado em 1662 na Capela Real, quando os jesuítas haviam sido expulsos do Maranhão por proteger os índios da escravatura dos colonos, e publicado no vol. VI, em 1690, pretendendo protestar contra uma situação semelhante vivida pelos membros da Companhia de Jesus no Maranhão, em 1684.

De facto, e como muito bem analisou Margarida Vieira Mendes([25]), a publicação dos *Sermões* permitiu a Vieira fazer ouvir-se duas vezes, uma quando os pregou e outra quando os editou. Por isso não foi aleatoriamente que publicou primeiro alguns sermões, deixando outros para mais tarde, ou que formou os conjuntos que constituem cada tomo. Toda a série está organizada de modo a intervir na vida pública do tempo e, sobretudo, a retratar o pregador nos gestos que levou a cabo no decorrer da sua longa vida de homem político e de infatigável missionário, a demonstrar o seu conhecimento do mundo e o seu pensamento esclarecido, a refletir a sua personalidade viva e inquebrantável.

Por outro lado, os *Sermões* constituíram para o Padre António Vieira não só a oportunidade de construir e de oferecer ao público uma obra literária, perfeita e acabada quanto possível, como de fornecer aos pregadores de então várias regras para uma pregação eficaz e de ilustrar didaticamente, com modelos seus, toda a diversidade de prédicas, fossem políticas, doutrinais, catequéticas, panegíricas ou gratulatórias.

([25]) Margarida Vieira Mendes, *A Oratória Barroca de Vieira*, Lisboa, Caminho, 1989, pp. 303-319.

2.2. A pregação eficaz

Não tendo produzido uma Arte de Pregar, nem qualquer tratado de retórica, apesar de ter afirmado, no Prólogo do vol. I dos *Sermões,* que havia ideado redigir uma obra intitulada *Pregador e ouvinte cristão*, Vieira apontou, no célebre «Sermão da Sexagésima», pregado em 1655, na Capela Real, um conjunto de preceitos – estruturais e estilísticos – que faria de um ato de pregação um discurso realmente vinculado à Palavra de Deus e capaz de mover os ouvintes. Mais importante ainda, neste discurso o Padre António Vieira apresentou o modelo do verdadeiro pregador.

Dadas as circunstâncias em que o pregou – ao irromper pela corte, chegado das missões do Maranhão a que regressou pouco tempo depois –, o autor não se limitou a enunciar preceitos ou a apresentar modelos, mas pronunciou também uma série de censuras vigorosas aos pregadores coevos, sobretudo aos que viviam acomodados aos privilégios do Paço e da capital e se entretinham na produção de sermões afetados, de forma que o seu discurso possui um tom simultaneamente reformador e crítico, mediante o qual Vieira se afirmou e confirmou como uma autoridade em matéria de eloquência sacra.

Falou-se, a respeito do «Sermão da Sexagésima», da configuração de um *método português de pregar* e do delineamento de uma nova arte retórica, mas tal não esteve nas intenções do jesuíta neste texto, que nada apresentou de realmente novo, em termos de eloquência sacra, nem de codificador de uma arte de pregar exclusivamente nacional([26]). Contudo, ao publicá-lo na abertura do vol. I dos *Sermões*, Vieira fez dele o emblema de toda a sua pregação, se não da sua vida de pregador, e terá igualmente pretendido que ele funcionasse como diretriz da atividade dos restantes pregadores. O que não implica que o jesuíta tenha respeitado absolutamente e em todas as ocasiões os preceitos que enunciou...

([26]) *Ibidem*, pp. 177-191.

Aguerrido e didático, Vieira, ao procurar os motivos da infertilidade da Palavra de Deus, contrapôs imediatamente a vida dos pregadores do *Paço* à vida dos pregadores dos *passos* ou das missões, os primeiros desleixados no seu ofício, os segundos, como os membros da Companhia de Jesus no Maranhão, a ele entregues incondicionalmente, a ponto de se deixarem comer por bárbaros, de mirrarem pela doença e pela fome, de aceitarem os insultos de outros homens e de morrerem afogados na boca do grande rio das Amazonas. O exemplo concreto dos padres missionários jesuítas permitiu ao Padre António Vieira adiantar que, sendo tão poderosa e persuasiva, a Palavra de Deus não dava fruto naqueles tempos em Portugal porque os oradores do Paço pregavam apenas com palavras e pensamentos e não com palavras e obras, quando, afinal, eram estas últimas que definiam o pregador e a sua função: *ter o nome de pregador, ou ser pregador de nome, não importa nada; as ações, a vida, o exemplo, as obras, são as que convertem o Mundo.*

Mas outros motivos explicavam o insucesso da pregação, como o *estilo tão empeçado*, *tão dificultoso*, *tão afetado*, *tão encontrado a toda a arte e a toda a natureza,* que os pregadores exibicionistas praticavam nos púlpitos, o modo *violento e tirânico* como arrastavam as citações bíblicas para comprovar as suas considerações, o vocabulário arrevesado ou *escuro* e *negro boçal* que preferiam. Vieira caricaturou e ridicularizou os oradores que abusavam das antíteses e construíam o seu discurso como *um xadrez de palavras*, de tal forma que se de uma parte estava *branco*, da outra teria de estar *negro*, se primeiro diziam *luz*, de seguida diriam *sombra*, se escreviam *desceu*, haveriam de escrever *subiu*, e recomendou o uso de um *estilo muito fácil e muito natural*, *distinto* e *claro*, mas nem por isso baixo ou vulgar, onde todas as palavras estivessem por ordem e produzissem efeito.

Por outro lado, os pregadores da época não estruturavam convenientemente os sermões. Apostilhavam o Evangelho e abordavam vários assuntos, ou antes, levantavam-nos como vento, sem os desenvolver. Para Vieira, pelo contrário, em cada sermão devia ser tratada uma só matéria, a qual caberia ao orador definir, dividir, confirmar, provar e amplificar, de modo a reduzir as objeções dos ouvintes e a persuadi-los. Semelhantes regras derivam claramente dos preceitos básicos da eloquência antiga, que o jesuíta adotou, preferindo o discurso ordenado e claro, solidamente estruturado sobre o exórdio, a narração, a divisão, a confirmação, a confutação e a peroração ou conclusão.

A rematar o «Sermão da Sexagésima», Vieira acusou ainda os pregadores de não pregarem o Evangelho nem as Sagradas Escrituras, mas sim assuntos inúteis, com excessos de buril verbal e ostentação, *motivando desvelos, acreditando empenhos, requintando finezas, lisonjeando precipícios, brilhando auroras, derretendo cristais, desmaiando jasmins e toucando primaveras*. O jesuíta classificou como *farsa* este desempenho dos pregadores, que, além disso, escolhiam uma voz afetada e um tom estudado, qual comediantes, e teve por inútil uma pregação feita para deleitar o auditório e não para o instruir, morigerar e converter.

Vieira afirmou plenamente, neste sermão, a sua qualificação cívica, religiosa e literária como autoridade em matéria de pregação, suas regras e eficácia. Para além disso emergiu dele como o autêntico pregador, o missionário de todas as ocasiões, comparável aos primeiros apóstolos, o *varão exemplar* que convertia pela palavra, mas sobretudo pelas ações e pelo exemplo.

Noutros sermões regressou, ainda que brevemente, à condenação do uso excessivo de metáforas e ao louvor do discurso claro.

2.3. Uma imensa mole homogénea?

Leitores, estudantes e críticos têm cedido frequentemente à tentação de olhar os *Sermões* do Padre António Vieira como um todo homogéneo e de trabalhá-los como tal, procedendo ao levantamento e ao estudo de temas, processos argumentativos e figuras independentemente do contexto em que surgem. Contudo, há que ter em conta que as circunstâncias de tempo, lugar e auditório, a que o jesuíta acomodou os seus discursos, bem como as diferentes finalidades que pretendeu atingir, introduziram a variedade na obra.

Os mais conhecidos sermões de Vieira são aqueles em que o jesuíta utilizou o púlpito como tribuna política, na expressão de Jacinto do Prado Coelho. Entre 1642 e 1652, mas também mais tarde, em diferentes ocasiões, como na sua rápida passagem por Portugal entre 1654-1655, ao regressar das missões do Brasil em 1661, ou antes de partir para Roma em 1669, o pregador proferiu, no Reino, dezenas de sermões críticos e de intenção reformadora, bastante interventivos sob o ponto de vista político. O mesmo ocorreu fora do Reino, no Maranhão, por exemplo, quando dirigiu aos colonos sermões bastante ásperos, como o «Sermão de Santo António aos Peixes» ou o «Sermão da Quinta Dominga da Quaresma», já referidos.

Se os primeiríssimos sermões, pregados na Capela Real, em 1642, apresentam um caráter festivo e jubiloso, mediante o qual Vieira visou inculcar no auditório, recorrendo a diferentes textos proféticos, a alegria e a confiança perante um Reino providencialmente restaurado e seu esperançoso devir, os que imediatamente se lhes seguiram revestiram-se de um caráter reformador e crítico. Impaciente e indignado, o pregador qualificou os cortesãos, ministros e servidores do Rei como *desvanecidos* e *descuidados* e propôs *remédios* para o Reino *doente*, como o reforço das praças militares, a fundação de duas companhias marítimas mercantis, com recurso aos capitais de judeus e cristãos-novos, ou o alargamento da cobrança de tributos ao clero e à nobreza. Recorrendo em várias ocasiões à antítese, pôs em contraste condutas ideais, de personagens bíblicas ou de santos (David, S. João Evangelista, S. Roque), e o real comportamento de vassalos, pretendentes e validos, corruptos, cobiçosos e aduladores. Foi nesta época também que a sua veia satírica se animou. Pregando na Capela Real, em 1644, Vieira censurou várias vezes a cobiça e a ambição da nobreza, quer servindo-se da hipérbole (*Antigamente, se vos lembra, cabíeis nos vossos sapatos, e hoje não cabeis em um coche e mais outro coche*([27])), quer da ironia (*Não sei que influências tem o lado do príncipe que em todo este elemento em que vivemos, não há parte tão fértil e tão fecunda como aqueles dous pés de terra: tudo ali se dá, tudo ali medra, tudo ali cresce*([28])), quer combinando ambos os processos.

Neste tipo de sermões o pregador endureceu o seu discurso, deu azo a fúrias que expressou por meio da exclamação, apostrofou o auditório e chegou quase a insultá-lo, comparando os ouvintes a *fariseus*, *escribas*, *hereges, demónios, Judas*. Nalgumas ocasiões, tornou-se sarcástico e atemorizador, até mesmo para o Rei D. João IV, principalmente nos quatro sermões que pregou consecutivamente, na Capela Real, ao longo dos quatro domingos do Advento de 1650, onde pintou os horrores do Juízo Final e brandiu a ameaça da condenação eterna, ousando dizer *De entre os poderosos, serão muito poucos e raros os que se salvarão*. São também frequentes nestes sermões, como aliás em toda a pregação de Vieira, as comparações e os símiles, de caráter ilustrativo e argumentativo, que tornam claramente visíveis os vícios públicos e o comportamento dos viciosos. Assim, por exemplo, os aduladores são comparados à *aranha* tecendo a sua teia, os cobiçosos à *andorinha que quer subir a águia*, os soberbos à *formiga que quer inchar a elefante*, os que pretendem cargos e doações aos *lobos vorazes e leões consumidos pela gula*. Em muitos discursos, o jesuíta chamou a atenção do monarca para a necessidade de atuar de acordo com os princípios cristãos e dos ministros

---

([27]) «Sermão de S. Roque», Capela Real, 1644, *Sermões*, vol. III, p. 514.

([28]) «Sermão de S. João Evangelista», Capela Real, 1644, *Sermões*, vol. III, p. 1112.

para a importância de encararem os seus cargos como um serviço à comunidade, comprovando que ao orador político se uniu o missionário interessado na conversão de todos os grupos sociais.

Para tal, Vieira desenhou e agigantou a sua imagem de pregador íntegro e desinteressado e de missionário convicto da causa de Deus, que proclamava ardentemente a verdade, à imagem do profeta Jonas ou de S. João Batista. Foi também sobretudo neste tipo de sermões que o jesuíta se referiu às vicissitudes do seu percurso biográfico: protegido por D. João IV, denegrido e perseguido por vários inimigos, caído em desgraça nos primeiros anos da década de 50, afastado do centro das decisões por D. Pedro.

Mas o Padre António Vieira não proferiu apenas sermões políticos. Produziu também discursos adequados aos diferentes momentos do calendário litúrgico cristão e às festas celebradas pela Igreja, como sermões do Advento, da Quarta-feira de Cinzas, dos vários domingos e quartas-feiras da Quaresma, do Mandato, do Santíssimo Sacramento, da Ressurreição do Senhor, do Pentecostes, etc. Embora estes sermões não constituam um todo indistinto, no que a temas, processos e finalidades diz respeito, de uma forma geral pode dizer-se que nos classificáveis como doutrinais ou catequéticos ganham muita importância figuras como a metáfora e a hipérbole, que explicam e intensificam *os quilates do extremado amor de Cristo, as finezas soberanas com que Deus no Santíssimo Sacramento satisfaz a esperança dos homens*, a *medida e o peso da graça de Maria*, entre outros motivos. Nestes sermões são abundantes os jogos de palavras, como se o orador se servisse da riqueza, da surpresa e do deleite do trabalho verbal para sugerir as maravilhas dos mistérios de Deus, sendo estes textos aqueles que menos respeitam os preceitos enunciados no «Sermão da Sexagésima», 'infração' que se deverá ao seu conteúdo. De entre eles destacam-se os seis sermões do Mandato, ilustrativos da piedade cristocêntrica de Vieira, cânticos que expressam, em linguagem conceptista, o louvor e a gratidão pelo amor que Jesus Cristo manifestou à humanidade.

Nem mesmo o conjunto de trinta sermões dedicados à Virgem Mãe e publicados em dois tomos, sob o título *Maria Rosa Mística, Poderes e Maravilhas do seu Rosário,* datados respetivamente de 1686 e 1688, pode ser considerado como um todo homogéneo, pois que se pauta pela variedade de datas e locais de pregação, de temas, de processos argumentativos e de destinatários explícitos. Aos mais instruídos, como os membros da nobreza e os irmãos da Companhia de Jesus, o Padre António Vieira ensinou a rezar corretamente a prece do Rosário, considerou o seu valor enquanto oração vocal e mental, apresentou os benefícios da meditação dos vários mistérios, aconselhou, segundo as ocasiões, a sua recitação em público ou em privado. Mas, noutros sermões deste conjunto, Vieira dirigiu-se a ouvintes ou a leitores menos cultos, como os colonos do Brasil, os soldados portugueses, os marinheiros e viajantes e as mulheres. Talvez por isso tenha recorrido com mais frequência a um tipo de argumento muito especial, o *exemplum*, para persuadir à oração do Rosário. Abundam assim os pequenos contos, recheados de acontecimentos milagrosos, que ilustram e provam as graças concretas concedidas pela Virgem Maria aos seus devotos. Foi neste contexto que o jesuíta endereçou três sermões aos negros (as únicas páginas, na sua obra, em que se ocupou concretamente dos africanos) nos quais, sem nunca pôr em causa a sua condição de escravos, os considerou iguais aos senhores brancos, enquanto filhos de Deus, e demonstrou o grande amor que o Criador e a Virgem Mãe lhes tinham. No sermão décimo quarto desta série, não datado, e pregado por ocasião das festas da celebração da Senhora do Rosário promovidas por irmandades de brancos e negros, aconselhou aos escravos a devoção do Rosário, *carta de alforria* que os libertava já neste mundo da sujeição do demónio, e sugeriu às negras que utilizassem as contas dos colares que traziam ao pescoço como contas do Rosário, rezando por elas de forma a obterem alívio das penas deste mundo.

Ambos os volumes demonstram a piedade mariânica de Vieira, que dedicou à Virgem Maria quarenta e seis sermões, ou seja, cerca de um quarto da sua obra oratória. Neles versou todos os temas do culto mariano e celebrou todas as prerrogativas da Mãe de Deus, recorrendo a diversos textos bíblicos e litúrgicos ou extraindo inúmeras ilações de um só. Maria, na obra do Padre António Vieira, é uma figura bendita e maternal, Mãe de Deus, da Igreja e de todos os cristãos.

Os sermões panegíricos de Vieira, por seu lado, não se cingem à repetição de uma estrutura convencionada e ao tratamento de lugares comuns. São antes ricos e variados e, sem se esgotarem na exaltação das virtudes dos santos celebrados, tocam distintas matérias, mercê da conciliação de diversas circunstâncias históricas, políticas, litúrgicas e também pessoais. Apresentam estruturas diversas e múltiplas funções e são dedicados a diferentes santos, como Santo António de Lisboa, a quem o jesuíta consagrou nove sermões, S. Roque, Santo Agostinho, Santa Teresa de Jesus, S. Francisco Xavier, Santa Catarina de Alexandria, Santa Isabel, Rainha de Portugal, S. Pedro e, como cabia a um jesuíta, Santo Inácio de Loyola, o fundador da Companhia de Jesus. Vieira explorou, nestes sermões, de forma inédita e ousada, as caraterísticas do discurso encomiástico. Santos como S. Francisco de Assis e Santa Catarina de Alexandria foram considerados *inimitáveis*, o que levou o pregador, num dos sermões consagrados a esta santa e pronunciado perante os professores da Universidade de Coimbra, a incitar os ouvintes a seguir não o exemplo de Catarina, mas o comportamento humilde dos sábios que se deixaram vencer pela sua ciência, fé e bravura. Já no «Sermão de Santo António», de 1653, onde Vieira comparou as admiráveis maravilhas operadas por este santo às do Santíssimo Sacramento, exclamou, entusiasmado, que António era *aquele grande português cujas maravilhas chegam a fazer menos admiráveis as do mistério mais admirável*. Mais tarde, ao pregar em Roma, em louvor do mesmo santo, observou *Foi tão grande Santo António que Cristo diante dele parece pequeno*, afirmação que se teria por provocatória e herética se não decorresse do desenvolvimento de uma lógica verbal e se não integrasse um panegírico. A Santo Inácio de Loyola, fundador da Companhia de Jesus, o jesuíta chamou *o semelhante sem semelhante*: semelhante a muitos, se consideradas as suas virtudes isoladamente, mas sem semelhante no seu todo, porque nenhum outro possuiu tão amplo leque de graças e capacidades.

Destaque-se ainda a série de quinze sermões que constitui o volume *Xavier Dormindo e Xavier Acordado*, o oitavo tomo dos *Sermões*, publicado em 1694 e dedicado à Rainha D. Maria Sofia de Neuburgo, que possivelmente o terá encomendado ao jesuíta. Trata-se de um conjunto de textos destinados apenas à leitura e não à pregação, tendo-os por isso Vieira trabalhado cuidadosamente sob o ponto de vista estrutural, intertextual – neles ecoam passos das obras de autores clássicos, como Virgílio, Ovídio e Horácio, a *História da Vida do Padre Francisco de Xavier*, de João de Lucena, a *Peregrinação*, de Fernão Mendes Pinto e *Os Lusíadas*, por exemplo – e verbal. O seu objeto é vário. O jesuíta não só elaborou um panegírico de S. Francisco Xavier, apóstolo das Índias, fazendo larga referência às virtudes, ações e milagres que o santo operou no mar e em terra, no Oriente – por isso o identifica com o Anjo descrito por S. João no Apocalipse, que descera do céu e se deslocava *com um pé sobre o mar e outro sobre a terra*, segurando nas mãos um pequeno catecismo –, como exaltou, por seu intermédio, o trabalho missionário da Companhia de Jesus, quiçá esperando obter um reconhecimento mais efectivo da evangelização levada a cabo pelos jesuítas no Brasil. S. Francisco Xavier teve como impulso para a sua ação *a maior glória de Deus*, de acordo com o lema da Companhia de Jesus, e a salvação de todos os homens, atuando em tal sintonia com Santo Inácio de Loyola que ambos, *no meneio do seu Instituto, foram como as duas pontas do compasso, Inácio como a do centro sempre fixo e imóvel em Roma, e Xavier como a da circunferência, dando volta ao mundo.*

Neste conjunto, como Mário Garcia observou, S. Francisco Xavier surge como um heterónimo de Vieira, nos *pés*, na *língua* e na capacidade de ver *as cousas futuras ou ausentes*, ou seja, tanto na entrega total da vida a Cristo, como no ardor da evangelização e na faculdade da profecia([29]). A atividade missionária de S. Francisco Xavier pode ainda considerar-se como uma feliz concretização, mesmo se parcial, dos ideais da *Clavis Prophetarum*, na medida em que a conversão do Oriente ao cristianismo, incluindo da China, desejada e sonhada pelo santo, começou a tornar-se realidade pouco depois da sua morte. Em muitos passos de *Xavier Dormindo e Xavier Acordado* ressoa também, impiedosa e mordaz, a denúncia da decadência do Império português, devida, como no Brasil, à ambição e cobiça dos portugueses.

Finalmente, assinale-se a especificidade do tomo XIII dos *Sermões*, intitulado *Palavra de Deus Empenhada e Defendida; empenhada publicamente no sermão de ação de graças pelo nascimento do Príncipe D. João, primogénito de Suas Majestades; defendida depois de sua morte em um discurso apologético oferecido à Rainha para alívio das saudades do mesmo príncipe*, publicado em 1690, conjunto de dois sermões e um discurso, que demonstra as perenes esperanças de Vieira num glorioso destino de Portugal, à frente de um Quinto Império, reino de paz, de justiça e de universal conversão a Cristo.

2.4. A tematização biográfica

Um dos aspectos mais curiosos dos sermões de Vieira, amplamente estudado por Margarida Vieira Mendes, é o facto de neles emergir, como no conjunto da sua obra, «a consistência de uma personalidade e de uma vida, uma biografia»([30]).

([29]) Mário Garcia S. J., «Xavier heterónimo de Vieira», *Brotéria*, vol. 145, Out. Nov. 1997, pp. 446-448.

([30]) Margarida Vieira Mendes, *A Oratória Barroca de Vieira*, p. 15.

Concretamente, por trás do discurso citado de um profeta, ou da alusão a episódios da sua vida, ou por trás da narrativa das ações de um santo e da reprodução das suas palavras – aspetos que constituem, aparentemente, o tema maior do sermão –, o Padre António Vieira esconde e revela ações, diligências, sentimentos, interesses, ideais e afetos maiores da sua vida. Da alusão ao outro, às circunstâncias em que se moveu e às atitudes que tomou, o jesuíta passa, subtilmente, por meio de diversos processos discursivos, à autoreferência.

Assim, por exemplo, no «Sermão de S. Roque», de 1649, o pregador parece dar apenas a conhecer a vida do santo, apresentado como *exemplum* de entrega ao serviço dos outros por amor de Deus. Contudo, quando reproduz algumas das suas palavras, por meio da *sermocinatio,* utilizando a primeira pessoa do singular e o presente do indicativo (*vou*, *me*, *venho*), torna-se evidente que nelas convergem as queixas de António Vieira, acusado de trair Portugal ao longo do desempenho das suas missões diplomáticas e em várias propostas de governo e administração do Reino que fizera a D. João IV:

> S. Roque peregrinou de França para Itália, por amor de Deus, e tornou de Itália para França, por amor da pátria; e que quando vou em serviço de Deus, me tenham por inimigo, e quando venho em serviço da pátria, me tenham por traidor? Desgraça grande.

Nos sermões dedicados a Santo António, a coincidência do nome próprio facilita a fusão de personalidades ou mesmo a metamorfose de uma na outra. No seguinte passo do «Sermão de Santo António aos Peixes», António, o santo, confunde-se, pela virtude da homonímia, com o Padre António Vieira que os colonos desejavam afastar do Maranhão. Ao inverso dos peixes, dóceis e atentos ouvintes do santo pregador, os colonos rebelavam-se às palavras do jesuíta, que os classificou como *homens furiosos e obstinados* e como *feras*. Assim, António Vieira encaixava-se e encaixava o auditório do

Maranhão na narrativa de um dos passos biográficos mais conhecidos da pregação de Santo António, iluminando a cena de novos significados, decorrentes da situação vivida em 1654, naquelas paragens do Brasil:

> Ouvistes a palavra de Deus da boca do seu servo António [...]. Os homens perseguindo a António, querendo-o lançar da terra, e ainda do mundo, se pudessem, porque lhes repreendia seus vícios, porque lhes não queria falar à vontade, e condescender com seus erros, e no mesmo tempo os peixes em inumerável concurso acudindo à sua voz, atentos, e suspensos às suas palavras, escutando com silêncio, e com sinais de admiração e assenso (como se tiveram entendimento) o que não entendiam. Quem olhasse neste passo para o mar e para a terra, e visse na terra os homens tão furiosos e obstinados, e no mar os peixes tão quietos e tão devotos, que havia de dizer? Poderia cuidar que os peixes irracionais se tinham convertido em homens, e os homens não em peixes, mas em feras.

Este comportamento discursivo, a que Margarida Vieira Mendes chamou *tematização biográfica*([31]), intensificou-se a partir de 1648, quando os desaires sofridos na corte, em Lisboa, começaram a acumular-se. Vieira 'atava' o texto da sua vida ao texto da vida de vários santos e personagens bíblicas e aquilo que dizia acerca deles permitia-lhe dizer aquilo que, devido às regras do discurso parenético, não poderia desvendar acerca de si próprio – que da sua boca saía a verdade, que apenas o movia o interesse pelo bem da pátria.

Por outro lado, identificando-se com profetas como David, Daniel e Jonas, com santos como São Paulo, Santo António de Lisboa, S. Roque, S. Francisco Xavier, etc., o pregador qualificava-se como profeta e mediador entre Deus e a história terrena dos homens, como orador sagrado e cívico, intervindo na *respublica*, e como missionário. A finalidade

([31]) *Ibidem*, p. 262 ss.

deste processo seria mais a de fazer-se ouvir e respeitar do que a de se promover através de comparações honrosas.

Mas Vieira não se identificou apenas com figuras bíblicas e com santos. Noutras ocasiões, recolhendo passos da obra de Sá de Miranda e de Camões, aproximou a sua imagem de pregador das imagens destes poetas, homens que se pintaram como íntegros, desinteressados, fatores e amantes do bem de portugal e, tal como eles, *deixou estampada [nos Sermões] a sua indignada assinatura de escritor maltratado pela pátria*([32]).

2.5. As marcas do discurso

Deixou-se para o fim, propositadamente, esta curta abordagem da língua e do estilo dos sermões de Vieira, aspetos que durante muito tempo foram privilegiados pela crítica – enaltecedora ou condenatória –, na tentativa de demonstrar que os discursos deste autor, sendo peças literárias cujo lugar na história da literatura portuguesa ficou para sempre assegurado pela qualidade da sua escrita, fluente e abundante, se abrem a muitas outras possibilidades de leitura.

É inegável que o Padre António Vieira foi um excecional conhecedor e manuseador da língua portuguesa, mas há que não esquecer que a sua parenese, com muito do que apresenta de estruturado, de argumentativo, de erudito, de inventivo e de surpreendente para o leitor de hoje, adotou caraterísticas correntes da eloquência sacra da época e resultou, pelo menos em parte, da cuidada instrução que era fornecida aos pregadores de então.

De facto, a oratória constituía, desde o século XVI, uma disciplina bastante valorizada na formação dos indivíduos destinados à atividade pública, religiosa ou laica. Vieira foi especialmente adestrado neste domínio, na medida em que a

([32]) *Ibidem*, p. 292.

Companhia de Jesus conferiu enorme importância ao ensino das regras e da prática da eloquência, atribuindo um lugar nuclear a matérias como a Gramática, a Retórica e a Poética. Com o Humanismo e a Contra-Reforma, o sermão havia-se tornado uma peça literária que conciliava e doseava fontes clássicas e cristãs, que equilibrava o espírito douto profano com a doutrina e moral católicas e cuja tendência para a afectação verbal era moderada pelas leis do decoro, adequando o discurso ao género, suas finalidades e recetores. Era frequente que o pregador acumulasse o prestígio e as funções do orador sacro, que intervinha na vida política, à maneira dos mestres da eloquência antiga, e do expositor e intérprete da Palavra de Deus.

É neste quadro que encontramos Vieira a pregar em Portugal, no século XVII, época em que abundavam as obras que auxiliavam os sacerdotes no desempenho das suas funções, como as instruções de pregadores, as coleções de conceitos predicáveis (argumentos e raciocínios fundados na exegese da palavra bíblica), os sermonários repletos de modelos de peças da oratória sagrada, os índices e as tábuas de lugares bíblicos e ainda as enciclopédias que forneciam matéria predicável de modo sistemático e exaustivo e que alimentavam a retórica das citações. Por isso não espanta que qualquer sermão do Padre António Vieira seja um monumento de cultura e de erudição, onde abundam, para além das citações da Bíblia e seus consagrados exegetas, as citações das obras dos doutores da Igreja, as referências a obras históricas, a tratados de economia e direito, a pequenos excertos de clássicos gregos e latinos, bem como de poetas e escritores vernáculos, preferencialmente portugueses e castelhanos, etc.

À valorização da eloquência, acrescente-se a importância que as poéticas do tempo, de que a mais conhecida, na Península Ibérica, foi a *Agudeza y Arte de Ingenio* (1648), de Baltasar Gracián, conferiam à agudeza, característica prevalente nos sermões do Padre António Vieira. A agudeza era definida como o estabelecimento de correspondências, correlações ou consonâncias inesperadas e criativas entre dois termos que à partida seria difícil relacionar. Subtileza e artifício dominavam o discurso agudo ou engenhoso, onde palavras e figuras eram exploradas de forma a produzir conceitos surpreendentes, a desvendar mistérios ocultos e a demonstrar verdades escondidas.

Assim, muitos sermões de Vieira são demonstrações engenhosas de afirmações misteriosas, surpreendentes e quase escandalosas (por exemplo, *que a Virgem Maria goza de melhor parte na glória do que Deus; que Deus é maior tentador dos homens que o Demónio; que é maior servidão mandar os homens do que servi-los; que se deve começar pelo fim e acabar pelo princípio*), por meio de uma lógica essencialmente verbal, fundada na descoberta e exploração dos diversos valores semânticos, fónicos e gráficos de todas as palavras e não apenas da palavra bíblica. O jesuíta utilizava a novidade do raciocínio e da exposição para atrair os ouvintes (*Como este modo de dizer é tão novo...*; *É matéria em que depois de disputada a controvérsia, vos hei de descobrir um admirável segredo...*).

Todo o discurso de Vieira assenta sobre o trabalho simultaneamente analítico, interpretativo e inventivo que exerceu sobre as palavras, tratando-as como seres desmembráveis, reestruturáveis, combináveis, metamórficos e polissémicos e não sobre o recurso a um vocabulário especialmente rico ou rebuscado. Este trabalho não foi concebido meramente como um jogo verbal, mas sobretudo como uma forma de encadear e de desenvolver o pensamento, de argumentar, de demonstrar e de persuadir. António José Saraiva classificou a prosa de Vieira como *O Discurso Engenhoso* e apontou alguns dos processos que permitiram ao jesuíta explorar e multiplicar o sentido das palavras. Ao invés de procurar estreitar o vínculo que une o significado e o significante de um vocábulo, Vieira procurou rompê-lo, o que lhe permitiu desvendar as propriedades audíveis e visíveis das palavras e das letras que as compõem (por exemplo, do som da palavra *Non*, da *doce voz* do nome de Maria, do *círculo perfeito do O*, de Nossa Senhora do Ó, *das aspas cruzadas do X* de S. Francisco Xavier), extraindo delas valores semânticos inusitados que lhe permitiam fazer avançar o discurso. Noutros passos, carregou de diferentes significados uma só letra de uma palavra (assim o M de Maranhão foi *M de motejar, de maldizer, de malsinar, de mexericar, e, sobretudo, de mentir*([33])) ou, decompondo um vocábulo e aproximando-o de outros, buscou a sua etimologia, não com o objetivo de precisar o seu sentido, reduzindo a ambiguidade e a polissemia, mas antes de o alargar([34]). Semelhantes processos devem relacionar-se com o modo como os exegetas exploravam então a palavra bíblica, a que Vieira se referiu no «Sermão de Nossa Senhora do Ó»: *Uma das maiores excelências das escrituras Divinas, é não haver nelas nem palavra, nem sílaba, nem ainda uma só letra, que seja supérflua ou careça de mistério*. Se estes jogos agradavam aos ouvintes, também seria possível que imprimissem algumas verdades nas suas mentes e almas.

Desmembrando e combinando sílabas e palavras, o pregador fez amplo uso do poliptoto («O coração do príncipe há de se estimar pelo *rendimento* e não pelas *rendas*; há de se estimar nele o *rendido* e não o *rendoso*»([35])) e da paronomásia («tão necessária é a doutrina cristã nos *paços*, como nas *praças*; e nos *estrados* como nas *estradas*»([36])), figuras que, dando a impressão de que o vocabulário utilizado era restrito e de que o autor se havia entregue a um jogo verbal, permitiam desenvolver um raciocínio apoiado na riqueza e na energia da palavra. Homófonas (por exemplo, no «Sermão da Sexagé-

---

([33]) «Sermão da Quinta Dominga da Quaresma», pregado na Igreja Maior da Cidade de S. Luís do Maranhão, 1654, *Sermões*, vol. II, p. 160.

([34]) António José Saraiva, *O Discurso Engenhoso*, *Ensaios sobre Vieira*, Lisboa, Gradiva, 1996, p. 12 ss.

([35]) «Sermão de S. João Evangelista», 1644, *Sermões*, vol. III, p. 1120.

([36]) «Sermão Primeiro de Xavier Dormindo e Xavier Acordado, Anjo», *Sermões*, vol. V, p. 188.

sima», contrapôs os pregadores do *Paço* aos pregadores dos *passos*) e homónimas (no sermão décimo quarto de *Maria Rosa Mística*, pregado aos escravos negros, passou das *contas* dos colares das negras às *contas* do Rosário), polissemia e metáfora (abundante, isolada ou em cascata, curta ou compósita) foram utilizadas com a mesma finalidade. Passando do sentido literal de um vocábulo ao seu sentido figurado ou inversamente, assim como alterando as categorias gramaticais das palavras (por exemplo, tratando as conjunções como nomes, referia-se aos *logos*, aos *porques*, etc.), o autor conseguiu também enriquecer semanticamente o discurso. Evitou, assim, dois escolhos da parenética de então, o recurso ao vocabulário técnico da teologia e da escolástica e a utilização das palavras raras e insólitas preferidas pelos pregadores cultistas.

Por outro lado, em termos estruturais uma rigorosa geometria orienta a construção do discurso, que assenta frequentemente na repetição e na acumulação, frutos de um cuidado labor exercido sobre a língua. Deste modo, a progressão do pensamento faz-se por avanços e recuos, que evocam, como muito bem viram António José Saraiva e João Mendes([37]), o contraponto musical, onde o mesmo tema vai sendo retomado pelos diversos naipes ou pelas diversas vozes, numa espécie de alargamento da proposição inicial, ou, como observou Raymond Cantel, o fluxo e o refluxo das águas marítimas([38]).

Repetem-se palavras e estruturas frásicas, em simetria, estabelecendo analogias ou, pelo contrário, contradizendo e anulando o que acabou de ser enunciado, modelo que combina o paralelismo e a antítese. Noutras ocasiões, a repetição estrutura-se com base no quiasmo. Em curtos excertos, onde confluem várias figuras, acentua-se a impressão de que Vieira

---

([37]) João Mendes, *Padre António Vieira*, Lisboa, Edições Verbo, 1972, p. 35.

([38]) Raymond Cantel, *Les Sermons de Vieira. Étude du Style*, Paris, Ediciones Hispano-Americanas, 1959, p. 281.

se entregou ao estilo afetado condenado no «Sermão da Sexagésima», mas, de facto, na construção do seu discurso e no desenrolar do seu pensamento nenhuma palavra é aleatória:

> Seja esta a primeira diferença entre a graça de Deus e a graça dos reis. A graça de Deus é a cousa de maior peso, e não é pesada: a graça dos reis é uma cousa que pesa muito pouco, e é pesadíssima. A graça dos reis para se conservar, quantos cuidados custa? A graça de Deus é um descuido de tudo o mais, e só a podem ofender outros cuidados. A graça dos reis é um alvo a que tiram todas as setas: a graça de Deus é um escudo que nos repara de todas.([39])

Noutros passos acumulam-se nomes, verbos e curtas orações, de valor semântico próximo mas não exatamente coincidente, numa prodigiosa abundância que maravilha o recetor e que não é gratuita, pois estende e aprofunda o sentido do texto. Um só exemplo:

> Somos entrados no labirinto mais intrincado das consciências, que são os modos, as traças, as artes, as invenções de negociar, de entremeter, de insinuar, de persuadir, de negar, de anular, de provar, de desviar, de encontrar, de preferir, de prevalecer; finalmente de alcançar para si, ou alcançar para outrem tudo quanto deixamos dito. Para eu me admirar, e nos assombrarmos todos do artifício e subtileza engenho, ou do engano com que estes modos se fiam, com que estes teares se armam, com que estes enredos se tramam, com que estas negociações se tecem...([40])

Deste modo, encontra-se muitas vezes um ritmo sincopado nos *Sermões*, resultante da utilização de frases curtas – algu-

([39]) «Sermão de Nossa Senhora da Graça», 1651, *Sermões*, vol. IV, p. 25.

([40]) «Sermão da Terceira Dominga da Quaresma», 1655, *Sermões*, vol. I, p. 1049.

mas exclamativas – de repetições anafóricas, de paralelismos e enumerações. As estruturas binárias são muito frequentes, quer Vieira use a impressão de eco criada pelo poliptoto, pela paranomásia e pela anáfora, quer recorra a outras formas de repetição, como a sinonímia e o quiasmo, quer utilize a antítese. Mas noutros casos, quando se desprende da exploração da palavra e seus valores, ocupando-se de exposições e considerações vastas, que desenrola, analisa e sublinha, o ritmo é mais sereno e lento, e a frase, longa, torna-se mais argumentativa, menos emocional e menos burilada. Assim desenvolve o jesuíta o raciocínio silogístico, explana os mais largos símiles e narra os mais longos *exempla*, preferindo a subordinação à justaposição que caracteriza os enunciados de ritmo sincopado.

Sob o ponto de vista temático, como sob o ponto de vista verbal, António Vieira não copiou nenhum outro autor, nem se copiou. A impressão que se impõe, depois de lida a sua obra oratória, é a de uma prodigiosa diversidade, que nasce, entre outros aspetos, da alternância entre os desenvolvimentos dilatados ou opulentos e o estilo conciso que obriga os receptores a buscar e a descobrir as potencialidades da língua.

É inegável que a riqueza verbal fez dos *Sermões* de Vieira peças de um elevado valor literário e artístico, de estilo simultaneamente claro e trabalhado, capazes de deixar os receptores absorvidos e maravilhados perante a abundância e densidade da sua palavra. Mas recorde-se que Vieira, que teve em mente a elaboração do tratado *Pregador e ouvinte cristão*, onde explanaria as diversas estratégias de captação e condução do auditório, visou sobretudo a eficácia na pregação. Para atingir este fim, adequou os seus discursos aos carateres, gostos e instrução dos diferentes auditórios, recorrendo às capacidades persuasivas de vários processos retóricos e também do deleite estético.

3. A epistolografia

O Padre António Vieira foi um infatigável correspondente. Entre 1624 e 1697 redigiu um vasto conjunto de cartas, que talvez ainda esteja por conhecer na sua totalidade. Endereçou-as a diferentes personalidades, entre membros da Companhia de Jesus, seus confrades ou superiores, importantes embaixadores de Portugal em Paris ou em Madrid, magistrados e desembargadores, secretários de estado, conceituados militares das guerras da Restauração. Correspondeu-se também com vários membros da família real, D. João IV, D. Luísa de Gusmão, o Príncipe D. Teodósio, D. Catarina de Bragança, D. Afonso VI, D. Pedro II.

A primeira edição das cartas data de 1735-1746, em três volumes, tendo sido os dois primeiros compilados pelo Conde da Ericeira e pelo padre oratoriano António dos Reis e o terceiro pelo Padre Francisco António Monteiro. Depois de vários achados, entre eles o da copiosa correspondência do jesuíta com Duarte Ribeiro de Macedo, J. Lúcio de Azevedo pôs à disposição dos leitores, em 1928, mais de setecentas cartas de António Vieira, o que constituiu um valioso acréscimo face à primeira edição. Após esta compilação foram descobertas e publicadas outras cartas do jesuíta, apógrafos e autógrafos, as primeiras das quais vieram a lume em 1934 e as últimas em 1962.

Gabadas e apreciadas pelo seu estilo, considerado claro e sóbrio face ao dos *Sermões*, na opinião, por exemplo, de Luís António Verney, no *Verdadeiro Método de Estudar* (1746), as cartas de Vieira têm sido encaradas pelo grande público como o desnudamento espontâneo do grande pregador, em termos de emoções e pensamento, e como o registo imediato dos seus atos. Contudo, há que não esquecer, como bem viu Maria Lucília Gonçalves Pires([41]), que mesmo num género despro-

([41]) Maria Lucília Gonçalves Pires, «A epistolografia de Vieira», *Vieira Escritor*, pp. 21-29.

vido ou pouco marcado, *a priori*, por finalidades retóricas ou argumentativas, como a epistolografia, o discurso nem sempre visa a revelação nua e crua da realidade ou o sincero desvendamento da personalidade do autor, que, afinal, constrói uma imagem de si próprio e apresenta e justifica a sua particular visão do mundo.

Assim sucede nas cartas do Padre António Vieira, o que não impede que elas sejam um prestimoso e interessantíssimo documento histórico, a partir do qual é possível traçar a biografia do autor, tomando nota não apenas da sequência dos atos que levou a cabo, mas também do percurso vário das suas emoções, deceções, obsessões e esperanças, bem como conhecer a evolução política, militar e económica da Europa, e de Portugal antes de tudo, essencialmente no decorrer da segunda metade de seiscentos. De facto, dado que o jesuíta teve uma vida rica, movimentada e extensa, e que, em boa parte, fez a história da sua época, não se limitando a ser um espectador do *grande teatro do mundo*, a sua correspondência contém muitas e preciosas informações no domínio da História e também do trabalho de missionação da Companhia de Jesus no Brasil (no qual ele próprio participou) e no Oriente (evocado a partir das referências às viagens e feitos de S. Francisco Xavier). Além disto, do conjunto das epístolas recolhem-se diversas informações sobre a produção da sua restante obra escrita.

Muitos foram os factos e temas abordados por Vieira nas cartas, consoante o tempo da escrita e o correspondente a que se dirigiu: a guerra de Portugal contra Castela e contra a Holanda (Pernambuco, tomado pelos holandeses, é um assunto recorrente na correspondência de 1646 a 1648, durante as primeiras missões diplomáticas), as alianças úteis para Portugal no contexto dos interesses, das rivalidades e dos confrontos europeus, a tentativa de revitalizar a economia portuguesa através do recurso aos capitais de cristãos-novos e judeus, a crise do comércio das naus da Índia (questões recorrentes), a situação económica do Brasil e suas relações com a metrópole (problema que abordou preferencialmente nas cartas redigidas após o definitivo regresso à Baía). Estando em Roma, entre o final de 1669 e 1675, fez frequentes comparações entre os procedimentos da Inquisição portuguesa, que teve como mesquinha e provinciana, e da romana, referiu-se às diligências que efetuou para que fossem alterados os estilos dos processos dos cristãos-novos e judeus no Tribunal do Santo Ofício português, teceu observações acerca do Papado e da cúria e apontou ainda os problemas que o funcionamento regular da Congregação para a Propaganda da Fé (fundada em 1622) trazia à instituição do Padroado e às missões portuguesas.

Vieira estava informado acerca de tudo o que se passava na Europa do seu tempo, não apenas em Portugal e nos países vizinhos, mas também nas mais longínquas Áustria, Hungria, Polónia e Suécia, para o que muito contribuiu a posição estratégica dos seus correspondentes, embaixadores em Madrid (Duarte Ribeiro de Macedo), Paris (o Marquês de Nisa, e, de novo, Duarte Ribeiro de Macedo) e Haia (Francisco de Sousa Coutinho). O jesuíta referiu-se ainda, em numerosas epístolas, ao avanço dos Turcos pela Europa central, facto que, por um lado, o assustava, mas que, por outro, acordava as suas esperanças, pois via no avanço dos muçulmanos o início da queda do Sacro Império Romano Germânico e a abertura propícia ao *cumprimento das profecias* que anunciavam a alvorada de um novo Império, o Quinto Império, com *muitas felicidades* para Portugal. Assim, quer durante o período em que foi interrogado pela Inquisição, quer no final da sua estadia em Roma, quiçá porque então começara a dedicar-se à redação da *Clavis Prophetarum,* quer durante os últimos anos em que viveu em Portugal, as cartas testemunham até que ponto se intensificou o interesse de Vieira por textos proféticos, prognósticos, cometas e outros fenómenos naturais invulgares que, do seu ponto de vista, revelavam os *açoites* com que Deus castigava a sua pátria antes de fazer dela *o teatro das Suas maravilhas*[42], anunciadas para anos precisos como 1666, 1675, 1679.

Em todas as epístolas, principalmente nas enviadas de Roma, é interessante observar que o Padre António Vieira não se limitou apenas a narrar e a comentar a atualidade nacional, mas que apresentou também a forma como o mundo de então olhava a sua pátria. Segundo constatou, o poder e a influência de Portugal apagavam-se rapidamente no contexto europeu, a tal ponto que os embaixadores estrangeiros pouco se lhe referiam e as gazetas publicadas em Roma ignoravam o país, *como se fora [...] um canto de terra incógnita*[43]. Os ministros das grandes potências riam-se do pouco juízo e do desgoverno português, que deitava a perder a riqueza das possessões ultramarinas, enquanto outros políticos grados *não sem razão* apelidavam os portugueses *de cafres da Europa*[44], classificação decorrente de um facto ocorrido em Portugal, em 1675, que punha em evidência, segundo Vieira, o comportamento crédulo e irracional da população.

As cartas redigidas do Maranhão, entre 1653 e 1661, endereçadas a diferentes membros da Companhia de Jesus e a D. João IV, constituem um conjunto à parte, na medida em que nelas o jesuíta privilegiou a história da Companhia de Jesus no Brasil, sobretudo na luta contra o aprisionamento e escravização dos índios e na evangelização dos habitantes dos territórios do Maranhão e do Pará. Estas epístolas pertencem ao subgénero cartas narrativas, abundantemente cultivado pelos membros da ordem de Santo Inácio, que as faziam circular entre si, de forma a manterem-se informados acerca das atividades e progressos da Companhia em todo o mundo.

([42]) Carta a Duarte Ribeiro de Macedo de 17 de abril de 1679. *Cartas*, vol. III, p. 390.

([43]) Carta a D. Rodrigo de Meneses de 23 de fevereiro de 1671. *Cartas*, vol. II, p. 326.

([44]) Carta a Duarte Ribeiro de Macedo de 17 de abril de 1675. *Cartas*, vol. III, p.177.

Pela pena do Padre António Vieira surgem igualmente cartas apologéticas, onde o autor ultrapassou a mera finalidade informativa e procedeu ao encómio da ação dos jesuítas como evangelizadores e defensores dos direitos cívicos dos índios, redigindo pequenos textos edificantes, capazes de comover e converter os leitores e, eventualmente, de chamar mais semeadores para uma seara que, segundo demonstrou em várias ocasiões, era fruto da vontade da Divina Providência. Por último, estas cartas cumprem uma finalidade estratégica ou política, na medida em que o jesuíta, para além de promover a Companhia de Jesus, procurou obter todo o apoio financeiro e jurídico da coroa para o trabalho de missionação dos nativos brasileiros, à imagem dos privilégios que S. Francisco Xavier obtivera de D. João III para a evangelização da Índia e outros territórios do Oriente. Neste contexto, os jesuítas são apresentados não só como *anjos* e *arcanjos* ao serviço da expansão e consolidação da fé de Cristo, mas também como funcionários do império português que muito contribuíam para a sua implantação definitiva em áreas distantes e de difícil acesso.

Na sua correspondência, o Padre António Vieira deu-se ainda a conhecer enquanto autor, editor e comentador da receção dos seus textos.

A respeito dos sermões, revelou como e quando redigiu algumas das suas prédicas, referiu-se às dificuldades experimentadas na decifração e organização dos seus apontamentos, a que chamava *papelinhos* ou *borrões* (*estão em tal estado que nem eu senão adivinhando me atrevo a os ler*([45])), lamentou as versões espúrias que correram em Portugal e em Espanha, comentou as traduções para castelhano e as versões portuguesas dos textos escritos em italiano e deu conta do seu longo trabalho de editor, moroso, feito de paciência e algumas vezes

([45]) Carta ao Marquês de Nisa, de 11 de março de 1646. *Cartas*, vol. I, p. 81.

de inquietação, como quando viu parado nas mãos do inquisidor geral, durante quase dois meses, o primeiro tomo dos *Sermões*, episódio que relatou em cartas escritas a Duarte Ribeiro de Macedo em 1678.

Em carta ao Marquês de Gouveia, de 1683, emerge a sua vertente de autor atento aos comentários do público, que, aliás, se manifestou noutras epístolas. Sabendo que o segundo sermão de Santo António, que havia de pregar em Roma (o célebre sermão das *sombras* de Portugal), não tinha agradado aos revisores, que viram nele uma soma demasiado pesada de queixas contra a pátria ingrata, extraiu-o do terceiro volume dos *Sermões* e publicou-o apenas no décimo segundo.

À *História do Futuro*, Vieira referiu-se sempre com algum secretismo – utilizando a expressão *aquela obra* –, em cartas de 1663 a 1665, dirigidas preferencialmente a D. Rodrigo de Meneses, Regedor das Justiças, de quem esperava colaboração para a sua aprovação e publicação. Tal não chegou a ocorrer, mas, segundo se lê noutras epístolas enviadas a D. Rodrigo de Meneses e ao Marquês de Gouveia, mordomo-mor e presidente do Desembargo do Paço, a obra chegou a circular na corte e terá possivelmente estado nas mãos de Castelo Melhor e de D. Afonso VI. Aos textos de caráter profético que lhe foram úteis para a sua redação se referiu também António Vieira, tal como mais tarde, em cartas enviadas de Roma, apontou outros que consultou para a elaboração da *Clavis Prophetarum*.

Em 1672, confessou a D. Rodrigo de Meneses que tinha esta última obra em *grande altura* e, com indisfarçável orgulho, disse-a favoravelmente apreciada por todos os que haviam lido excertos dela, o que alimentava a sua esperança de que a Inquisição romana acedesse a revê-la([46]). Esta ideia continuava na sua mente quando, ao dirigir-se a Duarte Ribeiro de

([46]) Carta de 22 de outubro de 1672. *Cartas*, vol. II, pp. 504-505.

Macedo, em 1679, apontou as semelhanças e diferenças entre o seu tratado e o *Compendium Ideae et Totius Operis*, do franciscano peruano Frei Gonzalo Tenório, que igualmente profetizava a conversão universal a Cristo – cabendo a Portugal um papel importante neste processo – e que fora aprovado pelo tribunal romano. Mais tarde, em cartas endereçadas a vários padres jesuítas, como ao Padre António Maria Bonnuci, seu colaborador, confessou-se incapaz de terminar a *Clavis*, que tanto acarinhava e a que estava *obrigado com duas obediências, uma real e outra da Religião* (da Companhia de Jesus)([47]) e solicitou-lhes que o substituíssem nesta tarefa, que considerava importantíssima *para salvação de muitas almas*([48]).

Das cartas se recolhe ainda informação sobre a redação e o acolhimento dos únicos textos de caráter profético que o Padre António Vieira publicou em vida, a *Palavra de Deus Empenhada e Desempenhada* (1690). Segundo escreveu a Sebastião de Matos e Sousa, secretário do Duque de Cadaval, a morte precoce do filho mais velho de D. Pedro II e de D. Maria Sofia de Neuburgo obrigou-o a dar um *voo mais alto*, atrevendo-se a *penetrar os arcanos da Providência Divina*([49]). Contudo, o Rei não terá recebido bem este pequeno volume, o que o levou a recordar amargamente a sua fidelidade para com D. João IV, a atribuir o seu recente trabalho às *cegueiras do amor* da pátria, de que apenas colhia ingratidões, e a achar-se *Daniel* muito mal pago pelo festejo de nascimentos e anúncio de impérios futuros([50]).

Tão interessante como a visão do mundo que o Padre António Vieira ofereceu nas suas cartas, marcada pelos seus

---

([47]) *Cartas*, vol. III, p. 691 e p. 698.

([48]) *Cartas,* vol. III, p. 565.

([49]) Carta a Sebastião de Matos e Sousa. *Cartas*, vol. III, p. 593.

([50]) Carta ao cónego Francisco Barreto de 15 de julho de 1690. *Cartas*, vol. III, p. 612.

interesses e pelas suas paixões, é a imagem de si próprio que nelas construiu. O jesuíta traçou o autorretrato de um homem desperto, curioso, generoso, ativo, multímodo e quase proteico, que, tendo em conta os grandes modelos que apresentou na sua obra, poderia rivalizar com o santo extraordinário que foi S. Francisco Xavier ou mesmo ultrapassar *o semelhante sem semelhante*, que foi Santo Inácio de Loyola, *semelhante porque tomou os géneros* [dos outros santos]; *sem semelhante porque acrescentou as diferenças.*

Vieira pintou-se, não só nas cartas que redigiu por ocasião das missões diplomáticas que desempenhou entre 1646 e 1650, mas sobretudo nas que enviou do Maranhão durante o seu período áureo de missionário, como um homem de ação. Nas primeiras, para além de surgir como o servidor empenhado nas várias diligências que conduziam os seus passos, revelou-se também como um agente informado, clarividente, capaz de traçar planos de resolução dos problemas políticos e económicos do país e impaciente perante a inércia e demais vícios dos governantes portugueses. Por vezes revelou-se ousado a ponto de censurar os descasos de D. João IV e de pretender dirigir as ações do monarca, tal como tentou fazer mais tarde com D. Pedro, mas sem sucesso.

Já nesta época a sua voz surgia como a voz da autoridade que podia persuadir com *experiências da vista* e não apenas com *argumentos do discurso*([51]) e que, do que observava, relacionava e vivia, tanto no estrangeiro como em Portugal, conseguia extrair conclusões, expressas muitas vezes sob forma de sentenças e aforismos. Por outro lado, as cartas de 1646-1649 constituem o primeiro testemunho da amarga relação que Vieira estabeleceu com a pátria. O jesuíta cria propor *verdades tão claras como o Sol*, mas, apesar disso, não era escutado na sua terra, regida por ignorantes, invejosos e traidores.

([51]) Carta aos judeus de Ruão, de 20 de abril de 1646. *Cartas*, vol. I, p. 89.

Nas cartas enviadas do Maranhão, na década seguinte, o jesuíta desenhou uma imagem em tudo admirável de si próprio, não apenas enquanto sacerdote ativíssimo no trabalho da missionação, mas também enquanto homem de sentidos despertos, maravilhado perante a riqueza e a variedade do mundo natural daquelas paragens, curioso a ponto de se interessar pela reprodução das tartarugas ou pela alimentação dos jacarés, encantado com o canto matutino dos pássaros nos matos da Amazónia, atento ao processo seguido pelos índios na fabricação das canoas, surpreendido pela abundância de matéria-prima do Brasil. Da diversidade e pujança deste novo mundo extraiu o Padre António Vieira quase que um hino de louvor a Deus. Porém, apercebendo-se das extremas diferenças entre a mentalidade e costumes da cultura indígena e a civilização ocidental, toda a sua infatigável e empenhada ação evangelizadora se destinou a reduzi-las pela conversão a Cristo das populações locais. Assim, ao retrato do viajante deslumbrado juntam-se, nestas epístolas, o do missionário que pregou, planeou, orientou e executou, conduzido pela razão mas também pelo fervor da fé, e ainda o do visionário que, no afã de fazer chegar a todos, índios e negros, a palavra de Deus, preparava o advento do Reino de Cristo sobre a Terra.

Nesta fase, como noutras, aos que o contestavam, sobretudo no que à defesa da liberdade e evangelização dos índios dizia respeito, Vieira respondia *informando, rogando, protestando, importunando*([52]).

Mas nem sempre o jesuíta deu de si mesmo esta imagem deslumbrante de sacerdote ativo e apaixonado pelo trabalho de conversão das almas a Cristo. A partir de 1663, quando o Santo Ofício começou a interrogá-lo e Vieira foi obrigado a residência fixa no Colégio da Companhia de Jesus de Coimbra, pintou-se aos seus correspondentes como *rústico* e *desterrado, ignorante dos estilos da corte*, e, ainda, como metido no

([52]) Carta ao Padre André Fernandes, 1657, *Cartas*, vol. I, p. 454.

deserto ou *sepultado*. Tivera início o longo período da sua vida em que o jesuíta devia assumir a condição de espectador, abdicando do estatuto de ator, facto com que nunca se conformou, como testemunham as numerosas cartas que escreveu até à morte. A sua impossível resignação explicará que, nas cartas redigidas entre 1663 e 1665, se intensifiquem os anúncios e as profecias das maiores felicidades para Portugal, esperando talvez Vieira que D. Afonso VI o reconhecesse, pela *verdade do seu afeto* e das suas *interpretações*, como um *menor Daniel*([53]). Ou seja, o jesuíta apresentou-se, por este tempo, como um profeta fiel e verdadeiro, cuja voz deveria ser escutada e seguida, imagem que ressurgiu em muitas epístolas posteriores.

Por outro lado, nas cartas que redigiu ao longo do tempo em que permaneceu em Roma, no breve espaço de cinco anos em que viveu de novo em Portugal (entre 1675 e 1680), e durante as quase duas décadas em que viveu na Baía, Vieira acentuou o retrato de homem íntegro e desinteressado e de patriota desesperado com o desgoverno do Reino e com a cegueira dos seus dirigentes. Contrariamente aos tacanhos ministros portugueses, que apenas conheciam o trajeto do Paço a Belém, António Vieira possuía a perspetiva larga do político que *viu muito mundo e ouviu os maiores homens dele*, por isso expunha aos seus poderosos correspondentes, na esperança de se manter interventivo na república, várias propostas inovadoras e reformadoras, sobretudo a nível económico, e diversas soluções para os problemas internos e externos do país. A par da situação de toda a Europa, mas afastado de conselhos e decisões por D. Pedro, o jesuíta entregou-se a uma contínua oscilação interior entre a ânsia de participar de algum modo no governo do Reino e o desengano do mundo.

Assim, o conjunto das cartas enviadas a partir de cerca de 1669 retrata sobretudo o homem de sentimentos bem vivos

([53]) Carta a D. Rodrigo de Meneses de 28 de janeiro de 1664. *Cartas*, vol. I, p. 33

que foi o Padre António Vieira, incapaz de controlar as suas emoções, perdido entre as incompreensões de que se sentia vítima e os zelos do amor da pátria que chegavam a endoidecê--lo, entregue a raivas e fúrias nascidas da obstinação e da ingratidão dos compatriotas, que lhe *rebentavam o coração* e lhe abalavam a saúde, imerso na *indecência das queixas do amor ofendido* pela indiferença de D. Pedro II([54]). Se algumas vezes se confessou insensível ao mundo (como no belíssimo passo da carta dirigida ao Marquês de Gouveia, de 31 de janeiro de 1671, *Mais gosto de ver em Roma as ruínas e desenganos do que foi, que a vaidade e variedade do que é, e com isto me parece o mundo muito estreito e a minha cela muito larga*([55])), muito mais sentiu, chorou e lastimou o estado do Reino e o afastamento a que fora votado, descomposto nos sentimentos (porque *a dor não tem juízo*), mas contido na expressão. Apóstrofes, invetivas, exclamações e hipérboles raramente surgem nas cartas, ainda que, por vezes, o jesuíta se tenha tornado irónico ou sarcástico e tenha recorrido ao jogo de palavras e de alusões ao revelar indignações e iras:

> No fim da carta de que V. M. [D. João IV] me fez mercê me manda V. M. diga meu parecer sobre a conveniência de haver neste estado [do Maranhão] ou dois capitães-mores ou um só governador. [...] Digo que menos mal será um ladrão que dois...([56])

> Há mais de trinta anos que tenho visto toda a Europa, e são tão cegos os meus olhos que veem mais os que só viram o mundo no mapa, e o mar do Tejo.([57])

([54]) Carta a D. Catarina de Bragança de 21 de dezembro de 1669. *Cartas*, vol. II, p. 286.

([55]) *Cartas*, vol. II, p. 316.

([56]) Carta a D. João IV de 4 de abril de 1654. *Cartas*, vol. I, p. 400.

([57]) Carta a D. Rodrigo de Meneses de 23 de fevereiro de 1671. *Cartas*, vol. II, p. 326.

Agora me parece que começo a viver, porque vivo com privilégios de morto.([58])

Não me temo de Castela, temo-me desta canalha [os que regiam o Reino e o Brasil].([59])

Referiu-se sempre com amargura ao *desterro* de Carcavelos, ao *retiro* de Xabregas (onde os jesuítas possuíam também uma casa) e ao *ermo* da Quinta do Tanque, nos arredores da Baía, onde disse que se instalara como *anacoreta do deserto*, e, embora tenha afirmado várias vezes que buscava o esquecimento do mundo, a morte e a sepultura, nunca conseguiu desligar-se do curso das coisas e da palpitação da vida. As últimas cartas retratam um homem idoso e consciente da sua longevidade, espantado de tanto viver (*De mim só posso dizer a V. M.cê que ainda vivo, e não sei porquê nem para quê, pois morrendo neste Colégio, em menos de dois meses oito religiosos, todos de menos anos que os meus, a morte se esqueceu deles*([60])), fustigado por frequentes e variados males de saúde, mas nem por isso menos atento ou crítico, e sempre disposto a intervir.

António Vieira revelou-se ainda nas cartas como um ser humano muito complexo, inimigo de si próprio, enlouquecido, mas também lúcido e capaz de utilizar a razão para denunciar a sem-razão dos seus desequilíbrios sem emenda:

Eu devendo calar falo, porque devendo não amar amo. E já me tenho queixado muitas vezes a V. S.ª de mim, e deste meu coração, tão meu inimigo e tão amante de quem não tem razão

([58]) Carta a Duarte Ribeiro de Macedo de 20 de junho de 1677. *Cartas*, vol. III, p. 241.

([59]) Carta ao Padre Manuel Luís de 21 de julho de 1695. *Cartas*, vol. III, p. 689.

([60]) Carta a Diogo Marchão Temudo de 29 de junho de 1691. *Cartas*, vol. III, p. 631.

de o ser. Não quero ter mais pátria que o mundo, e não acabo de acabar comigo não ser português.([61])

Como observou Isabel Almeida, as cartas do Padre António Vieira constituem um campo alternativo à parenética. Enquanto nos *Sermões* o autor construiu uma imagem inteira e robusta de si próprio, onde a dor cedia à grandeza de ânimo, a ira se aplacava na esperança de uma justiça superior e o desalento e a mágoa se diluíam porque era necessário agir, na epistolografia surge um sujeito vulnerável, cujo drama íntimo alastra na emotiva exposição dos meandros do eu, desvendando uma subjetividade contraditória, passando ao largo da dissimulação e da prudência, virtudes tão aconselhadas nos tratados da época de codificação do comportamento público. Não está em causa avaliar até que ponto esta imagem correspondeu à verdade do homem António Vieira, mas sim apreciar o fascinante retrato de um sujeito riquíssimo e complexo, quase completo, que o autor ofereceu à posteridade([62]).

4. A obra profética

Será errado ou excessivo considerar toda a obra do Padre António Vieira como profética? Ou será mais acertado classificar os seus textos proféticos como o delírio (assim os olharam alguns estudiosos) inexplicável e irracional de um pregador e missionário que em muitas ocasiões mostrou ter os pés bem assentes na terra, conhecer sobejamente a realidade do mundo de seiscentos e saber como nela intervir? Foi Vieira um louco sebástico, um bandarrista, um adepto da liturgia do

([61]) Carta de 1672 a Duarte Ribeiro de Macedo. *Cartas,* vol. II, p. 501.

([62]) Isabel Almeida, «Vieira: questões de afetos», *Românica, Revista de Literatura*, Departamento de Literaturas Românicas, Faculdade de Letras da Universidade de Lisboa, nº 17, 2008, pp. 103-132.

Cristo-Rei, um milenarista de estirpe judaica, um seguidor de Joaquim da Fiore, um herético, etc., ou apenas se inseriu num quadro de debates teológico-jurídicos hoje pouco conhecidos ou mal compreendidos?

Se algumas das classificações anteriores podem ser consideradas como erradas ou excessivas – Vieira ultrapassou rapidamente a fase sebástica, nem sempre recorreu às profecias de Bandarra, o seu milenarismo distinguiu-se do judaico, não colocou as esperanças na Idade do Espírito, como Joaquim de Fiore, e sempre se manteve dentro da ortodoxia católica –, é certo que História e profecia se aliam na sua obra e que existe uma estreita e profunda relação entre a vida deste devotado pregador e missionário e o seu sonho de instauração de um Reino de Cristo, pacífico, ecuménico e universal, que nem sempre colocou sob a égide do domínio temporal de Portugal, assim como existem laços evidentes entre a sua obra profética e os seus restantes textos. De qualquer forma, isolar os sonhos do futuro deste autor da mentalidade do seu tempo constitui um grave erro.

A vertente visionária de Vieira, hoje incompreensível para muitos, poderá ter sido inspirada por diversas leituras e vivências, desde a sua mocidade, como a prática dos *Exercícios Espirituais* de Santo Inácio de Loyola ou a primeira experiência de missionação na Baía. Nos *Exercícios Espirituais*, propunha-se ao meditante que acedesse ao convite de um Rei eterno e Senhor universal, de modo a instalar o Reino de Deus neste mundo. Era natural que o noviço se sentisse empolgado por este convite, tanto mais que, a seu lado, na missão do Espírito Santo, a sete léguas da Baía, uma comunidade de índios era terreno propício ao exercício da evangelização e da conversão. O jovem António Vieira lá esteve, aprendeu o tupi, pregou e converteu.

Por outro lado, Vieira viveu num tempo de utopias, ainda que o (incompleto) projeto de futuro que expôs aos seus contemporâneos e vindouros, tanto na carta *Esperanças de Portugal*, como na *História do Futuro* (mais projetada do que escrita), como ainda no *Livro Anteprimeiro da História do Futuro* (uma introdução à *História do Futuro* que deixou os leitores suspensos) e sobretudo na *Clavis Prophetarum* (inacabada) não possa ser classificado como uma utopia, equiparável à obra homónima (1516) de Tomás Moro, à *A Cidade do Sol* (1602), de Tomás Campanella, ou à *Nova Atlântida* (1624) de Francis Bacon. Vieira não encarava o Quinto Império como uma utopia ou como um ideal fundador sem concretização no espaço nem no tempo, mas sim como uma real esperança de futuro. Tal como outros portugueses, cujo patriotismo assumiu um caráter sacralizado e que sonharam com um império universal político e religioso, o jesuíta acreditou que, quando o Evangelho tivesse atingido todas as novas terras e todas as populações descobertas ao longo dos séculos XV e XVI, ocorreria, na Terra, uma decisiva intervenção divina. Sobre estes assuntos circulavam, em Portugal, muitas profecias, desde quinhentos.

Paralelamente, por toda a Europa, os tempos da Reforma, da Contra-Reforma e das guerras de religião caracterizaram-se por uma explosão escatológica e profética, tendo surgido visionários que previram o fim da História e o fim dos tempos([63]). Durante o século XVI e ao longo do século XVII, teólogos, historiadores e exegetas ativeram-se ao significado escatológico dos eventos históricos e à leitura figural da Bíblia, que antecipava o tempo do Anticristo, do Segundo Advento de Cristo e do Juízo Final. Mesmo no Novo Mundo surgiram autores milenaristas que escreveram sobre a esperança de realização terrena do Reino de Cristo, após a missionação das novas terras descobertas e a conversão de todos os gentios. Tanto portugueses como espanhóis, descobridores e evangelizadores da América, se viram como povos eleitos para a redenção do mundo.

([63]) Silvano Peloso, «O Quinto Império e o debate europeu nos séculos XVI e XVII», *Vieira Escritor*, p. 178.

Por último, observe-se que o conceito de Quinto Império de António Vieira se coadunava perfeitamente com o esquema de elaboração da história universal próprio da época, que viu na profecia de Daniel, a que vários autores se referiram (entre os quais Menassés ben Israel, o rabi da sinagoga de Amsterdão com quem Vieira dialogou em 1647), a imagem da conciliação entre a ideia grega de História, concebida como uma sucessão de anos, séculos e impérios, e a mentalidade hebraico-cristã, que anunciava o fim dos tempos e a chegada a uma pátria última, diferente de tudo o experimentado sobre a Terra até então. O Quinto Império viria após o desmonoramento dos impérios assírio, persa, grego e romano, de acordo com a interpretação que o profeta Daniel fizera do sonho de Nabucodonosor. Este rei sonhara que uma estátua construída em quatro metais (cabeça de ouro, peito de prata, ventre de bronze e o demais em ferro até aos pés), alusivos aos quatro grandes impérios referidos, seria derrubada por uma pedra que a desfaria e que simultaneamente originaria um monte que encheria toda a Terra, figuração do quinto e último império, o de Cristo, que duraria para sempre.

Em termos de mentalidade, tanto a leitura figural da Bíblia e da História, como a voga da profecia de Daniel demonstram a vitalidade do pensamento analógico durante o período barroco, época em que Vieira viveu. A matéria mais concreta e o real visível possuíam uma elevada densidade semântica e os sucessos e circunstâncias particulares revestiam-se de sentidos ocultos, para além dos tangíveis. Acreditava-se numa presença escondida do divino no mundo terreno e cria-se que o transcendente era assinalado por certos objetos e situações que nunca o revelavam inteiramente, pois na realidade eram como um véu que ocultava algo existente sob o visível. Concomitantemente, nas poéticas do tempo, sobretudo na célebre *Agudeza y Arte de Ingenio*, de Baltazar Gracián, valorizava-se o efeito agudo e deleitoso do mistério e da *ponderácion misteriosa*, esta última entendida como um processo de busca das verdades recônditas e dos laços enigmáticos que uniam dois termos.

Cabia ao poeta ou ao prosador encontrá-los, deixando os recetores seduzidos e maravilhados pela solução de enigmas que desafiavam os sentidos e a inteligência. Vieira banhou-se nestas águas e no seu discurso engenhoso reproduzia o mesmo processo alegórico-misterioso que existia entre as coisas criadas e o Seu Criador. O raciocínio analógico explica ainda que o jesuíta tenha concebido a história do futuro como um mistério ou um enigma encoberto por Deus, ainda que parcialmente revelado pelos profetas, cabendo a alguns intérpretes proceder à decifração das correspondências entre o anunciado e as ocorrências futuras.

Em Portugal, a fundação providencial do Reino e a missão apostólica que fora anunciada em Ourique, a D. Afonso Henriques, e que autores como Frei Bernardo de Brito, na *Crónica de Cister*([64]), divulgaram, a empresa das descobertas com a consequente tarefa de evangelização que se abrira a Oriente e a Ocidente, e ainda o estabelecimento da monarquia dual, em 1580, alimentaram a corrente do profetismo nacional, de que o Padre António Vieira veio a ser o mais conhecido representante. Vários autores, depois do desastre de Alcácer-Quibir, do desaparecimento do jovem D. Sebastião e da subida ao trono de Filipe II de Espanha, haviam-se entregado a lucubrações proféticas estribadas numa visão retrospetiva de glórias passadas, que adquiriram a forma do sebastianismo, característico fenómeno messiânico português. O mais famoso autor da corrente sebástica foi Gonçalo Anes de Bandarra, o sapateiro de Trancoso, compositor de trovas enigmáticas que, para muitos, profetizavam o retorno do jovem monarca português desaparecido e lhe atribuíam a instauração de um novo império, anunciando ainda que judeus, gentios e pagãos serviriam um

([64]) Recorde-se que uma grande parte do clero português se manifestou hostil, desde o início, à monarquia dual, e que as publicações dos monges de Alcobaça contribuíram para alimentar um sentimento de orgulho nacional no país.

só Senhor, Jesus Cristo. Bandarra não foi, contudo, absolutamente inovador, antes herdou uma tradição que, vinda de Espanha (onde renascera o misticismo apocalíptico durante o reinado dos Reis Católicos), chegou a Portugal na primeira metade do século XVI.

Na obra do Padre António Vieira, tanto nos sermões, como nas cartas, como nos textos proféticos, surgem múltiplas referências à fundação providencial do Reino, claramente querido por Deus, à missão evangélica que lhe fora atribuída em Ourique e ao dever que cabia aos portugueses de a levar a cabo. Daqui extrapolou o pregador, apoiando-se de início nas trovas do Bandarra e posteriormente nos livros bíblicos, para o sonho ou o esboço de um Reino de Cristo sobre a Terra, o Quinto Império, onde o poder temporal seria exercido por um monarca português e o poder espiritual caberia a um Papa (ideias que se esbatem ou desaparecem nalgumas das suas obras proféticas). Todos os homens seriam cristãos e viveriam na paz e na justiça, o que supunha uma prévia evangelização de todas as partes do mundo.

Assim, já em 1634, quando pregou na Igreja de Acupe, no Brasil, o «Sermão de São Sebastião», de cariz messiânico e sebástico, Vieira investiu a atuação de D. Sebastião (assimilado ao santo homónimo) de uma finalidade mais proselitista e evangélica do que política e militar, atribuindo ao jovem rei o desejo de contribuir, com a expedição a Alcácer-Quibir, não tanto para a expansão do Reino, mas sobretudo para a consolidação da fé cristã no mundo, ou, pelo menos, em África.

Em 1641, ao chegar a Portugal, o jesuíta encontrou um país em plena euforia messiânica, uma vez que se tinham cumprido as profecias referentes à restauração da independência. Em 1642, no «Sermão dos Bons Anos», pregado na Capela Real, para além de comprovar a legitimidade da aclamação de D. João IV – que, substituindo D. Sebastião, se converte no *Encoberto descoberto*, – anunciou as felicidades futuras de Portugal, mesmo se o presente era ainda de provações, e acentuou a importância da missão confiada por Deus a D. Afonso

Henriques. Assim como o Reino recuperara a autonomia, facto anunciado por S. Frei Gil[65], cumprir-se-iam outras profecias, sendo certo que os portugueses haveriam de derramar muito sangue, não de católicos, *mas sangue de hereges na Europa, sangue de mouros na África, sangue de gentios na Ásia e na América, vencendo e sujeitando todas as partes do Mundo a um só império, para todas em uma coroa as meterem gloriosamente debaixo dos pés do sucessor de S. Pedro.* Aqui traçou Vieira, pela primeira vez, o esboço de um império temporal e espiritual, chefiado simultaneamente pelos soberanos portugueses e pelos vigários de Cristo na Terra.

Dois anos depois, no «Sermão de S. Roque», evocando a composição do escudo português, o pregador voltou a recordar ao auditório a obrigação de fazer *tremular vitoriosas as bandeiras* [portuguesas] *na conquista e restauração da Fé*, tema que ressurgiu também no «Sermão do Espírito Santo», de 1657, pregado em S. Luís do Maranhão, onde Vieira apontou claramente aos portugueses, soldados e civis, homens e mulheres, a obrigação de doutrinar e converter a Cristo os gentios, e no «Sermão da Epifania», de 1662, onde, chocado com a expulsão dos jesuítas do Maranhão, o orador recordou ao influente auditório da Capela Real que o Reino fora instituído com o fim particular e a obrigação *de procurar efetivamente a propagação da Fé e a conversão e salvação dos gentios.* Em Roma, em 1670, na Igreja de Santo António dos Portugueses, o pregador voltou a insistir no *fim apostólico* da criação do Reino e na classificação dos seus compatriotas como *luzes do mundo*. De igual modo, no conjunto de sermões dedicado a S. Francisco Xavier, jesuíta que encarna a missão evangelizadora lusitana, acentuou o papel de Portugal na expansão do cristianismo.

([65]) S. Frei Gil foi um frade dominicano português, médico, taumaturgo, teólogo e pregador, dos séculos XII e XIII, mais tarde canonizado pelo papa Bento XIV, no século XVIII.

Mas foi em 1659, quando redigiu a carta *Esperanças de Portugal, Quinto Império do Mundo, Primeira e Segunda Vida de El-Rei D. João IV*, destinada ao Bispo eleito do Japão, André Fernandes, que o Padre António Vieira definiu mais claramente como se estabeleceria o futuro império e que características teria. Nesta carta, o jesuíta jamais se referiu, exceto no subtítulo, a um Quinto Império, conceito que surge noutros textos proféticos, como no *Livro Anteprimeiro da História do Futuro*, nos fragmentos da *História do Futuro* e na *Palavra de Deus Empenhada e Desempenhada*. Interpretando várias profecias de Bandarra – que provou ser um verdadeiro profeta –, António Vieira anunciou a ressurreição de D. João IV, a sua vitória sobre os Turcos (depois de estes terem atingido Roma), a sua eleição como Imperador, o ressurgimento das dez tribos perdidas de Israel, conduzidas ao Papa pelo soberano português, a consequente conversão dos judeus à fé cristã, a extirpação das heresias, o universal conhecimento de Cristo e, finalmente, a instauração da paz universal debaixo de um só pastor, o Papa, e de um só rei, o monarca brigantino. Toda esta *prodigiosa tragicomédia* se representaria no *teatro do mundo* na era de sessenta do século XVII, segundo os cálculos efectuados pelo jesuíta a partir das trovas do Bandarra e das movimentações dos cometas nos céus, como o confirmam algumas afirmações das cartas. De facto, a partir de 1663, ano em que o Santo Ofício o começou a interrogar, sucedem-se, nas epístolas, as referências a estrelas, prodígios e fenómenos estranhos da natureza, interpretados como anúncios das felicidades próximas de Portugal, as quais haveriam de ser precedidas de açoites ou castigos de Deus (*na primeira cena desta representação nadará todo o mundo em sangue*, afirmou no final da carta *Esperanças de Portugal*). Note-se, porém, que o interesse por estes factos misteriosos, tidos como indícios do futuro, foi comum a vários historiadores.

No contexto dos interrogatórios a que foi submetido pela Inquisição, que teve como suspeitas nove proposições da referida carta, Vieira foi precisando o conteúdo das suas profecias, em vários textos e documentos, o que não significa que tenha repetido exatamente os mesmos vaticínios desde este período até à data da sua morte. Pelo contrário, reformulação e ajustamento caracterizam o conteúdo da obra profética do jesuíta, que buscou e encontrou fundamentos teológicos para o desenvolvimento das suas ideias. Assim, Vieira redigiu, a partir de 1664, o *Livro Anteprimeiro da História do Futuro* e diversos papéis de outros textos proféticos, entre os quais se contam dois capítulos inacabados da *História do Futuro* e outros papéis versando os acontecimentos vindouros, materiais vários e soltos, que eventualmente viriam a constituir, se ao autor não faltassem tempo e certezas, uma *Apologia das Coisas Profetizadas*. Como é evidente, a contaminação de conteúdos entre todos estes textos era inevitável. Já em 1665, estando cativo e dispondo apenas do Breviário e da Bíblia, iniciou a redação da *Defesa perante o Tribunal do Santo Ofício, Primeira e Segunda Representação* e ainda de uma segunda defesa, mais curta, a *Defesa do livro intitulado 'Quinto Império', que é a apologia do livro 'Clavis Prophetarum' e resposta das proposições censuradas, estando recluso nos cárceres do Santo Ofício de Coimbra*. Na primeira *Representação*, o Padre António Vieira seguiu as trovas de Bandarra e a linha de desenvolvimento da carta *Esperanças de Portugal* e dos fragmentos da *História do Futuro*, manifestando um inequívoco lusocentrismo, embora deslocasse as suas esperanças de D. João IV para D. Afonso VI; na segunda, desenvolvendo a ideia do Império de Cristo sobre a Terra, pouco se referiu já ao sujeito e à nação que haveriam de nele exercer o domínio temporal.

A *História do Futuro*, que o autor terá começado a redigir em 1649, segundo se lê nalguns papéis que fazem parte do seu processo inquisitorial, constitui a obra mais incompleta e por isso mesmo a mais dececionante do Padre António Vieira que, como observou justamente Margarida Vieira Mendes, «sempre anunciou obras espetaculares que só tinham título ou fachada, ou fragmentos, ou plano, e sobretudo intenção, muita intenção, de intervir no estado das coisas do tempo»([66]). Em 1718 foi publicado o *Livro Anteprimeiro, Prologomeno a toda a História do Futuro*, onde o autor pouco revelava acerca dos acontecimentos que viriam a suceder em Portugal e no mundo. O jesuíta parecia mais interessado em estabelecer a credibilidade de uma história do futuro, assente na leitura atualizada e adaptada aos tempos presentes de profecias há muito enunciadas, e em afirmar a legitimidade da sua voz profética, questões que ressurgem na *Clavis Prophetarum*, concluindo Vieira que é lícito perscrutar o tempo futuro e mesmo deduzir o cômputo do fim dos tempos. Neste sentido, História e Palavra de Deus esclareciam-se mutuamente, apresentando-se o autor como um novo S. João Batista que anunciava aquilo mesmo que todos veriam realizar-se a breve trecho. Assim, Vieira profetizou a vitória final dos portugueses contra os castelhanos e dissuadiu estes últimos de teimarem na luta contra os seus vizinhos, defendidos e conduzidos pelo

([66]) Margarida Vieira Mendes, «'Chave dos profetas': a edição em curso», *Vieira Escritor*, p. 33. Note-se que sob o título *História do Futuro* foram publicados vários textos. António Sérgio e Hernâni Cidade fizeram sair à luz, em 1953, entre as *Obras Escolhidas* do Padre António Vieira (Lisboa, Sá da Costa), a obra *História do Futuro (Livros I e II e Livro Ante Primeiro)*. José van den Besselaar, em 1976, publicou a *História do Futuro (Livro Anteprimeiro)*, ou seja, o Livro Anteprimeiro, acompanhado de três «Apêndices» que Besselaar intitulou cautelosamente «Três Inéditos relacionados com a matéria do Livro Anteprimeiro», porque, para este estudioso, o próprio *Livro Anteprimeiro*, de que não há testemunho autógrafo, está incompleto, e por isso mais difícil se torna perceber se os fragmentos deixados por Vieira são parte da *História do Futuro* ou parte de futuros desenvolvimentos do *Livro Anteprimeiro*. Maria Leonor Carvalhão Buescu, por seu turno, publicou em 1982, pela Imprensa Nacional-Casa da Moeda, um volume intitulado *História do Futuro, Livro Anteprimeiro, Prologomeno a toda a História do Futuro*, onde reuniu o *Livro Anteprimeiro* e aquilo que considerou os livros primeiro e segundo da *História do Futuro*, textos incompletos e já editados por J. Lúcio de Azevedo em 1918.

próprio Deus. Observou ainda que se Portugal fora no passado um reino vencido, era no presente um reino restaurado por Deus e seria no futuro um reino glorioso, um novo Império, o Quinto Império, mais vasto que os impérios assírio, persa, grego e romano. Como as profecias anunciadas a D. Afonso Henriques e à nação haviam animado os descobridores de novos mundos, o *Livro Anteprimeiro da História do Futuro* haveria de incitar os contemporâneos do novo profeta a combater ardorosamente o país vizinho. Note-se o intertexto com *Os Lusíadas*, frequente na obra, nos seguintes passos:

> Que perigos não desprezaram? Que dificuldades não venceram? Que terras, que Céus, que mares, que climas, que ventos, que tormentas, que promontórios não contrastaram? [...] Que trabalhos, que vigias, que fomes, que sedes, que frios, que calores, que doenças, que mortes não sofreram e suportaram sem ceder, sem parar, sem tornar atrás, insistindo sempre, e indo avante mais com pertinácia, que com constância?
>
> Mas não obraram todas estas proezas aqueles Portugueses famosos por benefício só de seu valor, senão pela confiança e seguro de suas profecias. Sabiam que tinha Cristo prometido a seu primeiro Rei que os escolhera para Argonautas Apostólicos do seu Evangelho e para levarem seu nome e fundarem seu Império entre gentes remotas e não conhecidas, e esta fé os animava nos trabalhos [...]

> Lerão os Portugueses e todos os que lhe quiserem ser companheiros, este prodigioso Livro do Futuro e com ele embaraçado em uma mão e a espada na outra, posta toda a confiança em Deus e em sua palavra, que conquista haverá que não empreendam, que dificuldades que não desprezem, que perigos que não pisem, que impossíveis que não vençam?([67])

([67]) *História do Futuro, Livro Anteprimeiro*, Na Oficina de António Pedroso Galrão, Lisboa Ocidental, 1718, pp. 80-81 e p. 88. A respeito das relações entre o messianismo de Camões e o do Padre António

Em todos os textos proféticos de Vieira entrelaçam-se dois temas, o das esperanças de Portugal, potência militar e condutor soberano do poder temporal de um império cristão, e o do Reino de Cristo consumado sobre a Terra, reino ecuménico de paz e justiça. Por vezes a articulação entre ambos é mais trabalhada, noutras ocasiões um deles torna-se preponderante. Porém, mais do que uma inflexão definitiva no pensamento profético do Padre António Vieira, que abandonou, durante alguns anos, profecias como a da ressurreição de D. João IV e que nem sempre se referiu a Lisboa como a cabeça temporal do Quinto Império e aos reis portugueses como seus dirigentes, verifica-se uma oscilação nas conceções do futuro do jesuíta. Assim, na *Clavis Prophetarum*, também chamada *De Regno Christi in Terris Consumato*, ou naquilo que até hoje nos chegou desta obra, que ficou, como já se disse, inacabada, não surgem referências ao papel maior a desempenhar por Portugal no novo império. Mas, se o autor a tivesse concluído, essas referências surgiriam? É uma questão para a qual não há resposta definitiva, mas que admite várias hipóteses.

Segundo indicações que o próprio autor forneceu no manuscrito da *Clavis*, terá começado, em 1643, a coligir material bíblico e exegético para fundamentar uma visão da História que terminaria com a consumação do reino temporal e espiritual de Cristo na Terra. Em Roma, longe da alçada da Inquisição portuguesa e tendo acesso a bibliotecas bem providas, Vieira terá avançado mais na redação, em latim (língua

Vieira, observou Arnaldo do Espírito Santo que ambos procederam a leituras providencialistas, sacralizadas ou glorificadas da História de Portugal, mas que o jesuíta, extremando o providencialismo messiânico do poeta, passou *progressivamente de um Quinto Império português para a magnífica visão escatológica de um império universal e cósmico, o Reino de Cristo consumado, só possível graças aos descobrimentos portugueses* (Arnaldo do Espírito Santo, «Camões, Vieira: epopeia e profecia», 1498-1998. *Gama, Camões, Vieira, Pessoa. A Gesta e os Poemas, a Profecia*, Caldas da Rainha, 1999, p. 151).

universal, mas também língua acessível apenas aos mais cultos), da obra que lhe foi mais querida, que trabalhou até à morte, mas que não terminou. Dela deixou o livro I quase completo, o livro II com lacunas, o esboço e alguns fragmentos do livro III e apenas o projecto do livro IV([68]).

Na *Clavis Prophetarum* (em português *Chave dos Profetas*, significando o título que o autor desvendava finalmente, com a chave adequada, as palavras há muito registadas de vários profetas) a designação Quinto Império surge apenas uma vez, desprovida de qualquer conotação lusocêntrica. No Livro III, o único traduzido para português, Vieira identificou o derradeiro império simplesmente com o Império de Cristo e desenvolveu questões como a realidade do Reino de Cristo consumado sobre a Terra, as disposições prévias para a sua conservação e ainda as suas prerrogativas e maravilhas. Retomando temas já abordados na carta *Esperanças de Portugal*, o jesuíta anunciou, de novo, o aparecimento das dez tribos desaparecidas de Israel, a conversão dos judeus, a extinção das heresias, a reunificação de todos os cristãos e ainda a integração na Igreja de todos os povos que a descoberta do Novo Mundo tinha revelado. A *Clavis Prophetarum* apresenta-se, portanto, como uma obra de grande amplitude ecuménica, considerando mesmo Vieira que seria permitido aos judeus adorarem o Deus único seguindo os seus ritos tradicionais – concessão que tornaria possível integrar este povo obtuso, bem conhecido do jesuíta – no Reino de Cristo. Este seria um novo estado, pacífico, justo, felicíssimo e diferente do presente e dos passados, onde não haveria outra crença nem outra lei senão a de Cristo, apesar de Jesus Cristo não estar presente na Terra para o reger. Duraria mil anos, até à vinda do Anticristo que havia de preceder, então sim, o regresso de Cristo à Terra, conforme a doutrina da Igreja, e o Juízo Final. Para o seu esta-

([68]) Afirmação feita no Preâmbulo ao Leitor, no tomo I dos *Sermões*, em 1679.

belecimento, reis, governadores provinciais e outras autoridades colaborariam com os missionários na difusão do Evangelho e na implantação da Igreja em todo o mundo.

As fontes do jesuíta nesta obra foram essencialmente os livros históricos, sapienciais e proféticos do Antigo e do Novo Testamento, considerando-se sempre o primeiro como um anúncio do que foi narrado no segundo. Para Vieira, só a beleza e a doçura das imagens bíblicas poderiam sugerir adequadamente a bem-aventurança do novo estado que se viveria no futuro. Ao longo da sua argumentação, apoiou-se na verdade teológica e exegética de que tudo o que existe já foi prefigurado, e explorou os quatro níveis de leitura ou interpretação das Escrituras: histórico, alegórico, moral e anagógico. Recorreu também às obras dos Padres da Igreja, mais próximos das fontes do Cristianismo, mas por vezes, e porque o seu trabalho de evangelização o havia conduzido a conclusões distintas, refutou as afirmações de vários exegetas, comentadores e teólogos mais recentes, que considerou encobridores do verdadeiro sentido das profecias bíblicas.

No Livro III, o jesuíta demonstrou, evocando a sua experiência de missionário, que os maiores obstáculos ao estabelecimento do Reino de Cristo eram o facto de nem todos os povos terem sido ainda evangelizados e a impossibilidade prática de levar a cabo, com frutos claros e duráveis, a pregação universal e a consequente salvação das almas dos índios, de outros gentios e de todos os judeus e hereges. Vieira manifestou, em várias páginas, uma aguda consciência das dimensões intangíveis do mundo e das *vastíssimas regiões, situadas além dos limites definidos, que não haviam sido tocadas pelos pés dos evangelizadores e que permaneciam inacessíveis*([69]), apesar

([69]) *Clavis Prophetarum*, *Chave dos Profetas*, Livro III, Edição crítica, fixação do texto, tradução, notas e glossário de Arnaldo do Espírito Santo, segundo projeto iniciado com Margarida Vieira Mendes, Lisboa, Biblioteca Nacional, 2000, p. 101 (com algumas adaptações).

do empenho dos primeiros apóstolos, que Deus muito amparara no seu trabalho, e do esforço heroico dos missionários portugueses e espanhóis. Por outro lado, o jesuíta explicou os hábitos quase selvagens, a ignorância, o comportamento depravado (à luz da doutrina católica) e instável dos índios do Maranhão, como uma intervenção providencial e maravilhosa do Criador, ainda que não imediatamente percetível para os homens, para a salvação destes povos. Deus ter-se-ia escusado de intervir nestas paragens remotas do mundo e teria deixado os seus habitantes sem missionários propositadamente, de forma a que *sendo completamente obtusos devido à extrema rudeza de inteligência, sem terem quem os ensinasse e conduzisse, não poderiam penetrar no conhecimento de Deus invisível,* e que *devido à extrema corrupção de costumes e à depravação, abundando e prevalecendo entre eles os vícios que sufocam todos os preceitos naturais*([70]), jamais poderiam chegar à verdadeira fé e aceitá-la. O Criador impediu assim a condenação eterna dos indígenas do Brasil, pois que, padecendo de ignorância invencível ficavam ilibados de qualquer culpa ou pena. Ou seja, Deus, suma Providência que governa o mundo e todos os factos, providenciou, nessas áreas, não providenciando.

Apesar desta construção doutrinal perfeita na sua abrangência, não é possível considerar a *Clavis Prophetarum* como a derradeira palavra do Padre António Vieira, o corolário de toda a sua reflexão, o termo acabado da sua visão do futuro, a justificação última da sua vida de pregador e missionário. Enquanto redigia e possivelmente reelaborava capítulos desta obra, inteiramente cristocêntrica e dedicada à evangelização universal e salvação de todos os povos, o jesuíta prosseguia a publicação dos *Sermões*, tendo em atenção as circunstâncias coevas e procurando intervir direta e imediatamente no

([70]) *Clavis Prophetarum*, *Chave dos Profetas*, Livro III, p. 347 (com algumas adaptações).

mundo que o rodeava, muito em especial nos sucessos ocorridos em Portugal.

Foi assim que publicou, em 1690, aquele que viria a constituir o tomo XIII dos *Sermões*, intitulado *Palavra de Deus Empenhada e Defendida; empenhada publicamente no sermão de ação de graças pelo nascimento do Príncipe D. João, primogénito de Suas Majestades; defendida depois de sua morte em um discurso apologético oferecido à Rainha para alívio das saudades do mesmo príncipe*, onde o conceito de Quinto Império se reveste, de novo, da forte conotação lusocêntrica patente na carta *Esperanças de Portugal* e no *Livro Anteprimeiro da História do Futuro*. O volume era constituído pelo «Sermão das Exéquias da Rainha D. Maria Francisca Isabel de Saboia», de 1684, pelo «Sermão de Ação de Graças pelo Nascimento do Príncipe D. João», filho primogénito das segundas núpcias de D. Pedro II, de 1688, e ainda por um «Discurso oferecido a D. Maria Sofia de Neuburgo» para consolação da morte precoce deste filho, de 1689. Aqui recuperou Vieira, com vigor, depois das condenações de que fora vítima da Inquisição, algumas das proposições que anteriormente tornara públicas. O jesuíta começou por apresentar o falecimento de D. Maria Francisca Isabel de Saboia como uma intervenção providencial de Deus (cuja palavra de dar descendência ao Rei de Portugal o pregador teve como *empenhada*, neste momento), a fim de que D. Pedro pudesse contrair novo matrimónio e ter sucessão de filhos varões. No segundo sermão, celebrando o nascimento do filho primogénito de D. Pedro II e de D. Maria Sofia de Neuburgo, D. João, o pregador considerou a palavra de Deus *desempenhada* e transferiu as esperanças que pusera em D. João IV, na carta redigida do Brasil em 1659 – vitória sobre os Turcos, domínio sobre um Império novo e universal, o Quinto Império, *império de Cristo e do rei de Portugal juntamente*([71]) – para o novo rebento da dinastia

([71]) Sermão de Ação de Graças, *Sermões*, vol. V, p. 1029 e p. 1036.

de Bragança. Este império, figurado na profecia de Daniel, teria o seu sólio e trono imperial em Lisboa e o seu sólio e trono pontifical em Roma e nele *todos os infiéis de todas as quatro partes do mundo se sujeitariam a Cristo e receberiam a fé católica*([72]). Dando-se, contudo, o falecimento súbito e prematuro do infante, o pregador redigiu um discurso apologético à Rainha D. Maria Sofia, realizando a *empresa impossível* de *concordar* a notícia da morte do pequeno príncipe com a verdade das profecias anteriores. Deste modo, tendo já nascido o segundo filho dos monarcas, afirmou que ambos os irmãos, um já na eternidade, outro neste mundo, colaborariam na realização dos feitos anunciados e estabeleceriam o novo império.

O XIII volume dos *Sermões* de Vieira foi muito apreciado na conjuntura da época, por personalidades gradas como o Duque de Cadaval, o confessor da Rainha, a própria Rainha, o juiz Diogo Marchão Temudo. Estes, vendo no Padre António Vieira o profeta do grandioso destino de Portugal e a voz inspiradora de um patriotismo atuante, tê-lo-ão incitado a prosseguir e a terminar a *Clavis Prophetarum*, cujo verdadeiro conteúdo (se é que este, por então, já estava claramente definido pelo autor) ignoravam. A todos interessava uma obra que desenvolvesse e explanasse um conceito lusocêntrico do Império de Cristo. Contudo, D. Pedro II, apesar da onda de manifestações favoráveis à publicação de mais uma obra profética do Padre António Vieira, manteve a sua distância e o seu silêncio face às promessas do jesuíta de um futuro radiante para Portugal.

Terá sido por este motivo que o autor não terminou a *Clavis* em vida, apesar dos insistentes apelos para que o fizesse, emanados de várias personalidades, e do número de vezes em que anunciou a publicação da obra([73])? Outros fatores pode-

([72]) Sermão de Ação de Graças, *Sermões*, vol. V, p. 1036.

([73]) Isabel Almeida, «O que dizem 'licenças'. Ecos da fama da *Clavis Prophetarum*», *Românica,* nº 18, *Paratexto*, 2009, pp. 27-57.

rão ter concorrido para o arrastamento da sua finalização, sempre prometida, mas nunca executada, como o desgosto que lhe causava a pátria invejosa, a extrema velhice em que se achava na década de 90, o cansaço, a melancolia. Ou será que o Padre António Vieira quis manter, até ao final da sua vida, a imagem de profeta *das esperanças de Portugal* e a fama da voz possuidora de palavras para todas as horas e circunstâncias? Não será por acaso que nos tomos XI e XII, dos *Sermões*, respetivamente de 1696 e de 1699, surgem reunidas várias prédicas, de caráter profético, que havia proferido na longínqua década de 40.

Em 1695, o jesuíta redigiu ainda e publicou a *Voz de Deus ao Mundo, a Portugal e à Baía,* pequeno discurso onde interpretou o aparecimento de um cometa nos céus do Brasil como prognóstico das futuras felicidades do Reino, que, como expôs em muitas cartas, seriam antecedidas de merecidos castigos dos vícios nacionais. Ou seja, quatro anos antes da sua morte, o Padre António Vieira continuava a bater em duas teclas, nem sempre separadamente, a do império lusocêntrico e a do Reino de Cristo.

Após a morte do autor, a divulgação e transmissão da sua grande obra profética, a *Clavis Prophetarum*, foi bastante cerceada e muito poucos tiveram acesso ao que existia dela, vencendo a rigorosa vigilância exercida sobre o texto. O original ficou encerrado na arca depositada na Quinta do Tanque que continha os autógrafos de Vieira, mas uma cópia seguiu, dois anos depois, para Roma, para o Geral dos Jesuítas, Tirso González, sob o título *De Regno Christi in Terris Consumato Libri Tres*. Terá sido uma cópia manipulada (até que ponto?) pelo Padre António Bonnuci, um dos colaboradores do jesuíta nos seus últimos anos de vida. Anos mais tarde, D. João V e o Cardeal Nuno da Cunha e Ataíde, Inquisidor Geral, manifestaram interesse na publicação da obra e, deste modo, em 1714 o original de Vieira, hoje perdido, viajou da Baía para a Europa. O referido Cardeal ordenou então ao Padre Carlos António Casnedi, da Companhia de Jesus, que descrevesse, qualificasse o livro e o refundisse para publicação, já que de Roma o haviam informado de que ele não fora impresso devido à censura que pesava sobre uma das suas partes. Segundo Casnedi, aquilo que lhe chegou às mãos foi um conjunto de papéis inacabado, sumamente desordenado e confuso, que nunca chegou a ser publicado no século XVIII, talvez porque à Inquisição não agradavam alguns pontos do seu conteúdo, como a restauração dos sacrifícios judaicos ou a ponderação de que os índios estavam ilibados de toda a culpa sobrenatural devido à sua total ignorância de Deus.

Apesar de tudo, como considerou Arnaldo do Espírito Santo, com o número de cópias hoje conhecidas, foi possível reconstituir um texto fidedigno, já traduzido na íntegra, e cujo Livro III foi publicado em edição bilingue([74]).

5. Da multiplicidade à unidade([75])

Mais de oito décadas de vida, sete travessias do Atlântico, várias viagens na Europa, atividade incansável como pregador, conselheiro do rei, diplomata, missionário, chefe de missão, escritor, visitador da Companhia de Jesus, autor de quinze volumes de sermões que compendiam cerca de duzentas prédicas, redator de mais de setecentas cartas e de várias obras proféticas, quase todas inacabadas ou deixadas em fragmentos, responsável por diversos textos de caráter administrativo, político, económico e religioso e por alguns memoriais ende-

---

([74]) Arnaldo do Espírito Santo, «A tradução da *Clavis Prophetarum*», *Vieira Escritor* p. 47.

([75]) A questão da unidade e da diversidade da vida e da obra do Padre António Vieira tem estado presente na mente dos críticos literários desde há muito. Raymond Cantel intitulou o primeiro capítulo do seu estudo *Prophétisme et Messianisme dans l'Oeuvre d'António Vieira* (Paris, Ediciones Hispano-Americanas, 1960) «Unité et diversité. La vie aventureuse d'António Vieira».

reçados ao Papa Clemente X, suspeito forçado a redigir várias peças, entre apologias e defesas, no âmbito dos inquéritos a que o Santo Ofício o submeteu, homem de diversos ofícios, de muita cultura, de obstinada atividade, tudo isto define António Vieira.

Ao primeiro olhar, a vida e a obra deste autor caracterizam-se pela dispersão. A impressão é a de estarmos perante um sujeito múltiplo que de década para década se revestiu de nova pele e desenvolveu diferentes projetos. Entre 30 e 40 completou a sua formação de jesuíta e envolveu-se na defesa do Brasil atacado pelos holandeses; entre 40 e 50 atuou como pregador régio e diplomata e devotou-se ao serviço de D. João IV e das causas do seu governo; entre 50 e 60 foi missionário da Companhia de Jesus no Brasil e entregou-se à defesa da liberdade dos índios, com o fim de os atrair e submeter mais facilmente à evangelização; entre 60 e 70, *grosso modo*, foi presa da Inquisição, profeta condenado e conselheiro menosprezado; entre 70 e 80 passou por Roma, gozando de muito prestígio, e regressou ao Reino, onde se viu confinado à situação de observador e comentador do estado de Portugal e do mundo; entre 80 e 97, retirado no Brasil, foi voz teimosa mas quase ignorada, apenas escutada nos escritos que publicou.

Os sermões, *corpus* vastíssimo, não constituem uma mole homogénea, pois variam em função de circunstâncias, causas e temas e apresentam diferentes soluções retóricas; as cartas são variadas, não só porque se dirigem a diferentes correspondentes e foram redigidas em diferentes partes do mundo, mas também porque abordam as inúmeras questões que o acompanharam ao longo da sua extensíssima vida; as obras proféticas, dando embora a impressão de repetirem os mesmos temas, traçam uma linha ziguezagueante, que retoma alguns conceitos e ideais, enquanto abandona outros e cria novas vias.

Múltiplas e diferentes causas atraíram o Padre António Vieira, que por elas se bateu: a independência nacional, a liberdade e evangelização dos índios do Brasil, a defesa dos direitos de judeus e cristãos-novos, a afirmação de Portugal no mundo da política internacional, o anúncio de um Reino de Cristo consumado sobre a Terra, onde a salvação eterna de todos os homens seria assegurada.

Afinal, entre tantos atos, projetos e ideais, o que conduziu este homem e unificou as suas energias? Terá Raymond Cantel constatado corretamente que a sua vida, dominada por um só e único pensamento se revestiu de uma unidade profunda, apesar de, na aparência, surgir como uma sequência de aventuras recheadas de múltiplas peripécias([76])?

Repare-se, em primeiro lugar, que a biografia do Padre António Vieira se caracteriza mais pela continuidade do que pela sucessão de diferentes etapas. Vieira não foi um ser inconstante, levado pelos factos exteriores, mas sim um homem determinado e de profunda vida espiritual. Residindo ainda na Baía, já estavam vivos e atuantes dentro de si o pregador de palavra medida, atraente e eficaz (como o «Sermão pelo Bom Sucesso das Armas de Portugal contra as de Holanda» comprova), o patriota informado, preocupado e interventivo, que defendeu, com os meios de que dispunha, a colónia dos ataques dos inimigos, o missionário jesuíta, combativo e militante como os mais ativos membros da Companhia de Jesus, que se dispôs a aprender as línguas locais e se apercebeu da necessidade e da urgência da evangelização de índios e negros, o profeta que, embora em linguagem sebástica, recordava a grande missão passada, presente e futura de Portugal. Nas décadas seguintes, todas estas facetas conviveram no seu interior, se acentuaram e se revelaram na vida pública.

Viera permaneceu sempre como exímio pregador, que dominava palavras e auditórios, e como fidelíssimo patriota, quer demonstrasse a legitimidade da aclamação de D. João IV,

([76]) Raymond Cantel, *Prophétisme et Messianisme dans l'Oeuvre d'António Vieira*, p. 11.

quer sugerisse às classes mais poderosas que reduzissem gastos, pedidos e intrigas e que colaborassem financeiramente no esforço da guerra, quer apelasse ao uso de capitais de judeus e cristãos-novos, quer planeasse a venda de Pernambuco aos holandeses, quer, muito mais tarde, aplaudisse as uniões matrimoniais da casa de Bragança e rejubilasse com o nascimento de vários herdeiros. Mesmo quando se tornou irónico e satírico perante D. João IV e a corte ou manifestou o seu despeito a D. Pedro II, o seu fito, mais do que denegrir inimigos ou censurar monarcas, sempre foi o de reformar o Reino e o de contribuir para a sua estabilidade e afirmação na conjuntura internacional. Toda a sua correspondência comprova a incapacidade de esquecer a terra em nascera, a atenção constante que prestava aos sucessos ocorridos na pátria, o desejo de contribuir com comentários, propostas e soluções para o sucesso de Portugal, até à véspera da sua morte. Afastado por D. Pedro da ação política, o Padre António Vieira encontrou na publicação dos *Sermões* e na epistolografia formas de continuar a intervir na vida pública e persistiu, quase pateticamente, em oferecer-se para qualquer missão do interesse da pátria.

Por outro lado, não foi apenas entre 1653 e 1661 que o missionário viveu e agiu. Se Vieira foi missionário no terreno, primeiro na Baía, mesmo durante o noviciado e antes de terminar a formação sacerdotal, e depois mais longamente no Maranhão e no Pará (sem nunca esquecer os índios, cujo abandono lamentou nalgumas cartas e para quem traçou ainda, em 1680, um plano de evangelização), também o foi em Lisboa e em Roma, versando nos sermões, não apenas sucessos políticos e problemas sociais, mas preocupando-se constantemente em conduzir os homens a Deus, em convertê-los a um novo caminho e a uma nova vida, em ensiná-los a meditar sobre as Escrituras e a orar, pedindo e agradecendo. De facto, o jesuíta entendeu a pregação como missionação ou a atividade de pregador como uma extensão da atividade de missionário, já que, em todas as circunstâncias, foi sempre o espírito de missão que, prosseguido com entusiasmo, o animou e orientou([77]).

Quanto às tarefas que esperava que Portugal desempenhasse no mundo, às esperanças da pátria, à história do futuro, ao anúncio de felicidades vindouras, à imagem cultivada de profeta, são traços da vida e da obra do Padre António Vieira que cedo se manifestaram, nos sermões, cartas e tratados, e que permaneceram até ao final. O jesuíta teve sempre presente a missão de evangelização do mundo confiada a Portugal na Batalha de Ourique, núcleo em torno do qual organizou o conceito lusocêntrico de um Quinto Império que, nalgumas páginas, sobretudo da *Clavis Prophetarum*, identificou simplesmente com o Reino de Cristo consumado sobre a Terra, depurado da importância político-militar antes conferida ao monarca e ao povo portugueses. Conhecendo a realidade da época em que Vieira viveu e a forma como o jesuíta articulou a sua atuação de pregador e missionário – muitas vezes interventivo sob o ponto de vista político – com a sua visão do futuro, deixou de ter justificação a antiga perplexidade que causava o suposto antagonismo entre o espírito pragmático de Vieira, atentíssimo às realidades terrenas, e as suas elucubrações acerca de um utópico império por vir.

Poderia citar-se o próprio autor no Prólogo do vol. I dos *Sermões* e dizer-se que o fio condutor e o núcleo da sua vida e obra foram o serviço de Deus e da pátria. Vieira revelou nesta afirmação, que poderia ser interpretada como um lugar comum, a plena consciência da importância do seu exemplo (*como há poucos Antónios Vieiras...*, escreveu em carta de 23 de maio de 1650 a D. Teodósio([78])). Mesmo quando derro-

([77]) «A literatura parenética. Introdução», *História Crítica da Literatura Portuguesa*, dir. Carlos Reis, vol. III, *Maneirismo e Barroco*, Maria Lucília Gonçalves Pires, José Adriano de Carvalho, Lisboa / São Paulo, Editorial Verbo, 2001, p. 244.

([78]) *Cartas*, vol. I, p. 257.

tado nas suas propostas e soluções, o jesuíta apresentou-se sempre confiante nas suas capacidades, convicto da certeza das suas opiniões, disposto a agir prontamente, voluntarioso. Refletindo e analisando por meio da razão e da palavra, entregou-se a emoções que não escondeu. Por tudo isto, vários estudiosos se referiram à hipertrofia do Eu na obra do Padre António Vieira. A verdade, contudo, é que o jesuíta, mesmo se não atuou sempre com total desinteresse, buscou sobretudo promover a pátria e a Companhia de Jesus e não apenas sublinhar o seu valor.

Depois de todos os estudos levados a cabo sobre esta figura proteiforme, torna-se hoje claro que as ideias messiânicas constituem o centro unificador do pensar e do agir do Padre António Vieira. A atividade política do pregador, o empenhado labor do missionário, a preocupação com a prosperidade da pátria, o debate com os judeus ou a defesa dos cristãos-novos, tudo se insere numa conceção transcendente da história – o caminhar, através de anúncios e sinais, para a plenitude dos tempos, a construção de um império universal, império de paz e justiça, num mundo finalmente edificado sob a lei de Cristo([79]).

6. A receção

Observou Jorge de Sena muito justamente, acerca dos diversos comentários, estudos, teses, publicações e antologias que têm vindo a lume sobre a vida e a obra do Padre António Vieira:

> Um autor assim, cuja vida cobre um século, se representa em dois continentes e está comprometida provavelmente com a polí-

([79]) Maria Lucília Gonçalves Pires, José Adriano de Carvalho, «Padre António Vieira. Introdução», *História Crítica da Literatura Portuguesa*, dir. Carlos Reis, vol. III, *Maneirismo e Barroco*, p. 298.

> tica do seu tempo, legou milhares de maciças páginas, é um maná para literatos ou eruditos luso-brasileiros. Tem sido tudo: patriota português, nativista brasileiro, liberal perseguido pela Inquisição, etc., etc., até padre jesuíta para os factos gloriosos da Companhia de que foi membro proeminente e incómodo. Defensor do Brasil para os brasileiros, serventuário do imperialismo português, defensor da igualdade das raças (por defensor dos índios e dos judeus cristãos-novos), glória de duas literaturas [....]. E da massa imensa dos seus escritos é facílimo fazer breves edições para todos os fins.([80])

De facto, a receção deste autor tem dado lugar a diferentes apreciações e demonstra plenamente a riqueza de uma obra cujas diversas facetas têm merecido maior ou menor atenção no decurso do tempo.

O sucesso da palavra de Vieira, no seu tempo, mede-se pela grande afluência de público às suas pregações, facto a que D. Francisco Manuel de Melo se referiu. Mas o pregador conquistou também imediatamente leitores, pois os sermões que circularam avulsos, manuscritos ou em versões incorretas, tiveram bastante procura, bem como a edição *princeps*, cujo primeiro volume saiu em 1679, depois de muitos amigos e admiradores terem solicitado a sua publicação. Chegaram a fazer-se cópias manuscritas dos impressos de Vieira, comprovando até que ponto o público os apreciava. Depois da morte do autor, foram publicados mais dois volumes de sermões (respectivamente em 1710 e em 1748) e, em 1735, a primeira edição das cartas. Em 1746 o Padre André de Barros publicou a *Vida do Apostólico Padre António Vieira da Companhia de Jesus*, primeira biografia do jesuíta. Este movimento editorial, que testemunha o agrado suscitado pela obra do Padre

---

([80]) Gilda da Conceição Santos, «Vieira lido por Jorge de Sena», *Terceiro Centenário da Morte do Padre António Vieira, Congresso Internacional, Atas*, Braga, Universidade Católica Portuguesa, Província Portuguesa da Companhia de Jesus, 1999, vol. III, p. 1876.

António Vieira, estendeu-se até à publicação de textos que lhe foram atribuídos, mas não lhe pertencem, como a *Arte de Furtar, Espelho de Enganos* (1743).

Já a sua personalidade e a sua atividade, sobretudo nas décadas de 40 e 50 do século XVII, em Lisboa e no Brasil, foram valorizadas de diferentes modos pelos seus contemporâneos. O jesuíta teve amigos e aliados e inimigos e detratores, como sucede com todos os homens de ação pública e interventiva. Apesar disso, gente de todas as classes e condições participou nas soleníssimas exéquias ordenadas em sua homenagem, na Capela de São Roque, por D. Francisco Xavier de Meneses, quarto Conde da Ericeira.

Ao longo da primeira metade do século XVIII, Vieira foi sobretudo apreciado como sermonista, por aqueles que procuravam o deleite estético do discurso engenhoso. O seu estilo influenciou a parenética da época – mesmo no Brasil([81]) – e a alta consideração em que os retores tinham a sua obra pode medir-se pela quantidade de páginas dos seus textos que surge em tratados votados ao ensino, como o *Sistema Retórico* (1719), de Lourenço Botelho Sotomaior, ou o *Espelho da Eloquência Portuguesa ilustrado pelas exemplares luzes do verdadeiro sol da elegância, o Venerável Padre António Vieira* (1730), do Padre João Batista de Castro, bem como pela alargada presença de excertos dos sermões nas primeiras antologias de caráter modelizador publicadas em Portugal.

Contudo, foi também em meados do século XVIII que surgiram as primeiras duras críticas à escrita do Padre António Vieira. Luís António Verney, em O *Verdadeiro Método de Estudar* (1746), adotando a postura racionalista típica dos neoclássicos, apontou-lhe defeitos de expressão provenientes de excessos de agudezas e de labor verbal, e considerou a sua argu-

([81]) Cristina Ávila, «O discurso parenético no barroco Mineiro – a influência de Padre Vieira sobre o sermonário colonial de Minas Gerais», *Terceiro Centenário da Morte do Padre António Vieira, Congresso Internacional, Actas*, vol. III, pp. 1519-1539.

mentação fundada na palavra como insuficiente e ridícula. Nem a epistolografia, que considerou o melhor da obra vieirina pelo decoro (julgamento que se tornou frequente na pena de literatos), escapou totalmente à sua censura. Contudo, Luís António Verney reconheceu o grande patriotismo do Padre António Vieira e o seu profundo domínio da língua portuguesa.

Assim que as opiniões de Verney se tornaram públicas, surgiram as primeiras contestações, vindas não apenas de padres da Companhia de Jesus como de outros autores, que, apesar de censurarem os códigos estéticos vigentes na época de Vieira, tiveram o pregador como exímio modelo do uso da língua portuguesa.

Com a subida ao poder de Pombal, perseguidor e detractor da Companhia de Jesus, a atividade política de Vieira foi denegrida e a sua eloquência considerada nula, devido ao uso de jogos de palavras e de conceitos. Contudo, anos mais tarde, o Romantismo procedeu a uma reabilitação do valor do Padre António Vieira enquanto mestre da língua. Um dos primeiros historiadores e críticos literários que para tal contribuiu foi D. Francisco Alexandre Lobo na *Memória Histórica e Crítica acerca do Padre António Vieira e das suas Obras* (1823). Por seu lado, Luís Augusto Rebelo da Silva, no tomo V da *História de Portugal dos Séculos XVII e XVIII* (1860), valorizou a imaginação ou o génio do jesuíta, de acordo com o pensamento e os ideais românticos, mas apontou-lhe hábitos viciosos na escrita. Já Camilo Castelo Branco, no *Curso de Literatura Portuguesa* (1876), observou que os sermões do Padre António Vieira eram *uns riquíssimos minérios do mais fino ouro pelo que respeita à linguagem* e apreciou a força da ironia e do sarcasmo nos seus discursos, bem como a evidência com que o pregador exprimiu as suas paixões. Porém, considerou a argumentação do jesuíta, baseada na exploração da palavra bíblica, do som, da grafia e do valor semântico dos vocábulos em geral, muito contestável. Os seus discursos, semeados de equívocos, pareceram-lhe frios e estudados. Um pouco mais tarde, ouviram-se as vozes críticas de Oliveira

Martins (*História de Portugal*, 1879) e de Teófilo Braga (*Os Seiscentistas*, 1916). Este último, positivista e antijesuíta, acusou Vieira de ter exercido uma nefasta influência sobre a dinastia de Bragança e de ter sido um diplomata falhado, para além de ter dado o mote a uma parenese recheada de agudezas ocas ou de sentido obscuro.

Apesar destes severos julgamentos, desenhava-se, lentamente, na cultura portuguesa, a imagem de um Padre António Vieira grande nas virtudes – inquestionável patriota, conhecedor profundo da língua portuguesa, hábil e criativo no seu manuseio – e grande nos defeitos – eloquência demasiado trabalhada e exibicionista –, em sintonia com a decadência da literatura portuguesa no século XVII, devido ao fulgor do cultismo e do conceptismo([82]).

A partir do século XIX, os sermões e as cartas do Padre António Vieira comparecem nas seletas de ensino da língua materna, ao mesmo tempo que se tornam abundantes as antologias de trechos da sua obra. Ainda hoje excertos dela são lidos e estudados no ensino secundário, em Portugal, e no ensino médio, no Brasil, embora, claro está, nem sempre sejam oferecidas aos alunos visões panorâmicas e muito menos completas do conjunto do seu trabalho, dos seus ideais, da sua intervenção pública. Em Portugal, por exemplo, os sermões do jesuíta são analisados sobretudo como exemplo do discurso argumentativo e o tempo de estudo conferido ao autor tem vindo a reduzir-se, comprovando que, se por um lado as elites intelectuais reconhecem o seu lugar na história da literatura portuguesa e o seu valor como modelo canónico, por outro lado cava-se uma distância cada vez maior entre Vieira e o público mais jovem, como aliás sucede com grande parte dos clássicos.

As celebrações dos centenários do nascimento e da morte do autor têm contribuído para manter bem viva a sua biogra-

---

([82]) Aníbal Pinto de Castro, «A receção de Vieira na cultura portuguesa», *Terceiro Centenário da Morte do Padre António Vieira, Congresso Internacional, Atas*, vol. I, pp. 213-229.

fia e produção literária na memória coletiva de portugueses e não só. Nos centenários de 1897 e 1908, tendo surgido protestos de setores anticlericais e antijesuíticos contra as manifestações públicas de celebração, as dimensões dos festejos foram bastante mais modestas comparativamente às que ocorreram um século depois, assinaladas por congressos, palestras, reedições das obras de Vieira, leituras públicas dos seus textos, exposições, produção de estudos originais.

Ao longo do tempo, muitos historiadores e críticos da literatura se ocuparam da biografia do autor, acompanhada de uma apresentação geral da sua obra (como André de Barros, J. Lúcio de Azevedo, António Sérgio, Hernâni Cidade, Ivan Lins, Aníbal Pinto de Castro, José van den Besselaar, a título de exemplo). De início verificou-se uma nítida preferência, nos estudos vieirinos, pelos sermões, dado o trabalho verbal neles desenvolvido, a sua riqueza temática e os problemas de ordem filológica que levantam (questões que trataram Raymond Cantel, João Mendes, de novo Aníbal Pinto de Castro, António José Saraiva, Margarida Vieira Mendes, Alcir Pécora, a título de exemplo), e pelas cartas, devido ao manancial de informação que contêm e ao autorretrato do autor que apresentam (aspetos analisados por J. Lúcio de Azevedo, Maria Lucília Gonçalves Pires, Isabel Almeida, João Adolfo Hansen, entre outros). Embora estas obras de Vieira continuem hoje a ser fonte inspiradora de novos trabalhos, mais recentemente têm sido as obras de caráter messiânico e profético a solicitar preferencialmente os estudiosos, assim como os documentos que integram o volumoso processo do jesuíta na Inquisição, os quais cabem também na produção escrita de conteúdo profético do autor (a ela se dedicaram Raymond Cantel, José van den Besselaar, Margarida Vieira Mendes, Paulo Alexandre Esteves Borges, Arnaldo do Espírito Santo, Adma Muhana, Silvano Peloso, Ana Paula Banza, a título de exemplo). Realce-se ainda que não foram apenas os críticos portugueses e os de língua portuguesa que se debruçaram sobre a biografia e a produção escrita do Padre

António Vieira, como demonstra o elenco de nomes deste pequeno parágrafo, mas também os italianos, franceses, ingleses, holandeses, alemães, norte-americanos.

Nas ocasiões em que a obra do Padre António Vieira tem sido mais divulgada e estudada surgiram, não raro, avaliações pouco corretas da sua vida, atividade e finalidades perseguidas, assim como imagens deformadas da sua produção escrita, decorrentes de leituras parcelares e descontextualizadas. Algumas vozes censuraram o pregador Vieira pela prudência ou desconfiança que manifestou frente à mulher, comum na época, e por nunca ter condenado cabalmente a escravatura, índia e negra, ou por não ter adotado uma postura abolicionista, esquecendo que tais atitudes eram politicamente impossíveis – todo o Império dependia da escravatura –, e estranhas à *forma mentis* da época. Houve mesmo quem o considerasse tímido e cobarde e o acusasse de fazer do sofrimento dos escravos um objeto literário explorado com fria engenhosidade. Outras vozes, esquecendo ou minimizando a identidade de Vieira, jesuíta militante e convicto sacerdote, equipararam a sua atuação, a favor dos índios do Brasil e dos cristãos-novos e judeus, à de um agente laico de qualquer ONG do século XX, incondicionalmente defensor dos direitos humanos, contra qualquer tipo de exploração, de intolerância ou de censura. Quem bem conhece a vida e a obra deste religioso, sabe até que ponto e com que finalidade António Vieira defendeu a liberdade dos índios e a igualdade de brancos e negros perante Deus. Outros estudiosos, ainda, acreditam que a ideologia do jesuíta terá dado algum contributo ao marxismo([83]) ou que foi precursora da teologia da libertação([84]).

([83]) Tarcizo de Lira Paes Martins, «Vieira: alguns aspetos de sua visão de Mundo», *Terceiro Centenário da Morte do Padre António Vieira, Congresso Internacional, Atas*, vol. II, pp. 1363-1364.

([84]) Luís da Silva Pereira, «O naufrágio dos Açores na estratégia hagiográfica de André de Barros», *Os Açores na rota do Padre António Vieira, Estudos e Antologia*, p. 59.

Um aspeto da vida de Vieira que tem suscitado muito interesse por parte de críticos e divulgadores é o seu envolvimento com a Inquisição. O jesuíta é apresentado como uma vítima da crueldade, da irracionalidade e da mesquinhez do Santo Ofício, sem que se dê a conhecer os motivos que levaram o tribunal a interrogá-lo e a prendê-lo. Por vezes, o seu encarceramento é apresentado como uma consequência da proteção ou da defesa (nem sempre desinteressada) de judeus e cristãos-novos que caracterizou alguns momentos do seu percurso biográfico. Esta visão das coisas encontra-se frequentemente plasmada nos manuais escolares portugueses contemporâneos, onde o Padre António Vieira é o herói que faz face a uma instituição caduca, hipócrita e cerceadora da liberdade de opinião, e inspirou uma peça de teatro brechtiano, da autoria do português Fernando Luso Soares, *António Vieira* (1973), nunca levada à cena. A intriga põe em destaque o episódio biográfico da Inquisição, pretendendo-se sobretudo que ele funcione como retrato da luta do indivíduo esclarecido e revolucionário contra um regime corrupto e opressivo (neste caso assimilável ao regime salazarista), levando o público a tomar consciência da conjuntura sócio-política em que estava a viver e a agir para a alterar.

Por outro lado, a sua vida e as suas ideias fascinaram autores de ficção e estiveram na base de romances, como os dos portugueses Pinheiro Chagas, *A Máscara Vermelha* (1873), Seomara da Veiga Ferreira, *O Fogo e a Rosa* (2002), e Inês Pedrosa, *A Eternidade e o Desejo* (2007)([85]), e o do brasileiro Ariano Suassuna, *A Pedra do Reino* (1968). Neste último, a presença da personagem Padre António Vieira deve-se ao sebastianismo reformulado que enforma a narrativa. A este respeito pode acrescentar-se que algumas interpretações parcelares do complexo ideológico de Vieira o encerram, erra-

([85]) Inês Pedrosa é autora também de *No coração do Brasil: seis cartas de viagem ao Padre António Vieira* (2008), um diário de viagem pelo Brasil do Padre António Vieira ilustrado por João Queiroz.

damente, no bandarrismo, no sebastianismo e no milenarismo, quando, como se viu, a sua visão profética os ultrapassa ou os utiliza de modo particular. Neste contexto, Sampaio Bruno, no início do século XX, na obra *O Encoberto* (1904), apresentou o jesuíta como um sonhador, ou mesmo um tresloucado, em virtude da profecia da ressurreição de D. João IV.

Para lá da variedade, do acerto, do desacerto ou do excesso destes julgamentos, no século XX torna-se incontestável a afirmação de que Vieira foi um mestre da língua portuguesa, ainda que alguns críticos e escritores, entre os quais Jorge de Sena, lhe apontem excessos de engenho e superficialidades de conteúdo([86]). Fernando Pessoa apelidou-o de *Imperador da língua portuguesa*, no poema que lhe dedicou na *Mensagem* (1934), designação que se tornou recorrente na cultura portuguesa. No *Livro do Desassossego*, Bernardo de Passos confessou-se levado às lágrimas pela leitura de um passo do Padre António Vieira sobre o Rei Salomão, no «Sermão da Segunda Dominga da Quaresma», provavelmente de 1655, devido à *certeza sinfónica* que dele emana, e descreveu emotivamente os efeitos da escrita perfeita do pregador: *Tal página, até, de Vieira, na sua fria perfeição de engenharia sintática, me faz tremer como um ramo ao vento, num delírio passivo de coisa movida.*

Em muitas ocasiões o autor tem sido apresentado como modelo de bem dizer, clássico e canónico, e tem sido colocado ao lado de Camões. Poetas e escritores contemporâneos revelam, pelo Imperador língua portuguesa, uma espontânea admiração que se expressa em poemas, como «António Vieira», de Miguel Torga([87]), ou em curtos comentários, como

([86]) Gilda da Conceição Santos, «Vieira lido por Jorge de Sena», p. 1873.

([87]) *Filho peninsular e tropical / De Inácio de Loyola / Aluno do Bandarra / E mestre / De Fernando Pessoa, / No Quinto Império que sonhou sonhava / O homem lusitano / À medida do mundo. / E foi ele o primeiro, / Original / No ser universal... / Misto de génio, mago e aventureiro.* (*Poemas Ibéricos*) o seguinte, que José Saramago deixou no seu blogue, pouco tempo antes de falecer:

> Isto a que chamam o meu estilo assenta na grande admiração e respeito que tenho pela língua que foi falada em Portugal nos séculos XVI e XVII. Abrimos os *Sermões* do Padre António Vieira e verificamos que há em tudo o que escreveu uma língua cheia de sabor e de ritmo, como se isso não fosse exterior à língua, mas lhe fosse intrínseco. Nós não sabemos ao certo como se falava na época, mas sabemos como se escrevia. A língua então era um fluxo ininterrupto. Admitindo que possamos compará-la a um rio, sentimos que é como uma grande massa de água que desliza com peso, com brilho, com ritmo, mesmo que, por vezes, o seu curso seja interrompido por cataratas.

Para lá da admiração de que estas afirmações dão conta, verifica-se que é possível e judicioso aproximar o ritmo, a precisão e a abundância da escrita de José Saramago da escrita de Vieira([88]). Pelo contrário, já não parecem tão corretas as aproximações de alguns críticos entre as conceções de Quinto Império de António Vieira e as de Fernando Pessoa, pois enquanto o Quinto Império de Vieira é, na sua essência, um império cristão, o de Fernando Pessoa, que se desenha na *Mensagem*, ainda que possua uma componente espiritual, não se vincula explicitamente à doutrina cristã.

Concluindo, a receção de Vieira, embora se revele heterogénea no que respeita a linhas interpretativas, e se encontre em constante devir e enriquecimento, demonstra plenamente a popularidade, a perenidade e a vitalidade da obra deste autor.

([88]) Veja-se como o romancista recria e refere o pregador em *O Memorial do Convento*: «É que, entretanto vão-se mugindo as tetas do bom leite que é o dinheiro, requeijão precioso, supremo queijo, manjar de meirinho e solicitador, de advogado e inquiridor, de testemunha e julgador; se falta algum é porque o esqueceu o Padre António Vieira e agora não lembra.»

7. Cronologia

1608	Nasce em Lisboa e nesta cidade é batizado	Nasce D. Francisco Manuel de Melo	
1609			Os holandeses tomam Ceilão e estabelecem a primeira feitoria no Japão
1614	Parte para o Brasil, com a família	Batalha de Guaxenduba, no Maranhão, contra os franceses	Os jesuítas, perseguidos, abandonam o Japão
1615		Conquista do Maranhão pelos portugueses	
1617		Os portugueses são expulsos do Japão pelos holandeses	
1618			Início da Guerra dos 30 Anos
1621		Morte de Filipe II e consequente subida ao trono de Filipe III; formação do estado do Maranhão	Fundação da Companhia de Comércio Holandesa das Índias Ocidentais
1622		Os holandeses tentam conquistar Macau	
1623	Entra no Noviciado da Companhia de Jesus, na Baía		Publicação da *Cidade do Sol* de Tomás de Campanella
1624		Os holandeses atacam a Baía	
1625		Uma frota luso-espanhola recupera a Baía	

1626	Redige a carta ânua	Nascimento do Padre Bartolomeu do Quental	
1627	Parte para Olinda, onde ensina Retórica no Colégio da Companhia de Jesus		
1628		Fundação de uma Companhia de Comércio Portuguesa para as Índias Orientais	
1630		Os holandeses conquistam Olinda e Recife na capitania de Pernambuco	
1631		Filipe IV concebe vários expedientes para socorrer o Brasil	
1633	Estreia-se no púlpito, na Igreja de Nossa Senhora da Conceição da Praia, na Baía	Casamento de D. João IV com D. Luísa de Gusmão; extinção da Companhia de Comércio Portuguesa para as Índias Orientais	
1634	É ordenado sacerdote	Nascimento do Príncipe D. Teodósio	
1637		Motins em Évora contra o domínio espanhol	Revolta da Catalunha contra a dependência de Espanha
1638		Os holandeses tomam Arguim e voltam a atacar a Baía; a França promete auxílio a Portugal	
1640	Prega o «Sermão pelo bom sucesso das armas de Portugal contra as da Holanda»	Restauração da independência portuguesa e aclamação de D. João IV	

1641	Embarca para Lisboa, integrando a missão que vinha manifestar a fidelidade do Brasil a D. João IV; encontra-se com o Rei	Tratado de aliança entre D. João IV e Luís XIII; tratado de aliança entre D. João IV e os Estados Gerais das Províncias Unidas; os holandeses prosseguem a conquista de anteriores domínios portugueses	
1642	Prega o primeiro sermão na Capela Real	Tratado de aliança entre Portugal e a Inglaterra; criação do Conselho Ultramarino	
1643	Interventivo na política nacional (a favor da inclusão dos capitais dos cristãos novos e dos judeus na economia nacional)	Nascimento d Príncipe D. Afonso; instituição dos secretários de Estado	
1644	Nomeado pregador régio	Batalha do Montijo; cerco de Elvas; insurreições dos territórios brasileiros ocupados pelos holandeses; nasce o Padre Manuel Bernardes	
1646	Faz os votos finais de sacerdote jesuíta; parte em missão diplomática a Paris e a Haia	Nascimento do Príncipe D. Pedro	
1647	Parte em segunda missão diplomática a Paris e Haia, onde se empenha na celebração da paz com a Holanda		
1648	Regresso a Lisboa	Reconquista de Luanda, tomada pelos holandeses	Paz de Vestefália; reconhecimento oficial da Holanda

1649	Primeira denúncia na Inquisição	Criação da Companhia de Comércio para o Brasil; Portugal manifesta-se contra Cromwell e os ingleses tentam forçar a barra do Tejo	Execução de Carlos I de Inglaterra; Oliver Cromwell assume o poder em Inglaterra
1650	Parte em missão diplomática a Roma		Publicação de *Esperança de Israel* de Menassés-ben Israel
1652	Partida de Lisboa com destino às missões do Maranhão		Início da primeira guerra anglo--holandesa
1653	Prega pela primeira vez no Maranhão, suscitando reações dos colonos	A Holanda perde Pernambuco	
1654	Prega o «Sermão de Santo António aos Peixes»; parte para Lisboa	Expulsão definitiva dos holandeses do Brasil; assinatura do tratado de paz entre Portugal e a Inglaterra	Luís XIV sobe ao trono de França; Cristina da Suécia abdica do trono e converte-se ao catolicismo
1655	Prega uma série de sermões na capital, entre os quais o «Sermão da Sexagésima»; regressa ao Maranhão com provisão régia de D. João IV que favorece a liberdade dos índios e a ação dos jesuítas	Batalha de Montes Claros; Tratado de aliança entre Portugal e a França	A rainha Cristina da Suécia instala-se em Roma; publicação de *Piedra gloriosa o de la estatua de Nebuchodnesar* de Menassés-ben-Israel
1656		Morte de D. João IV e regência de D. Luísa de Gusmão; os ingleses exigem a ratificação do tratado de paz de 1654	Início da guerra anglo-espanhola que durará até 1659

1657		Estado de guerra entre a Holanda e Portugal; nacionalização da Companhia de Comércio para o Brasil	
1658		Cerco de Badajoz; enfraquecimento da Companhia de Comércio para o Brasil	Fim da República de Cromwell
1659	Redige a carta *Esperanças de Portugal*	Batalha das Linhas de Elvas	Espanha e França celebram pazes nos Pirinéus e a França abandona a causa da independência portuguesa
1660		O Conde de Schomberg vem para Portugal	
1661	Expulso do Maranhão e do Pará, assim como outros jesuítas, e deportado para Lisboa, devido a conflitos com os colonos	Paz luso-holandesa; ajuste de casamento entre D. Catarina, filha de D. João IV com o rei de Inglaterra, Carlos II; Bombaim e Tânger entregues a Inglaterra como dote da princesa	
1662	Prega o «Sermão da Epifania», na Capela Real; é desterrado para o Porto	Golpe de estado põe fim à regência de D. Luísa de Gusmão e entrega o governo a D. Afonso VI; o Conde de Castelo Melhor assume o poder	
1663	Desterrado para Coimbra; chamado a depor pela Inquisição acerca da carta Esperanças de Portugal	D. João da Áustria apodera-se de Évora e Alcácer do Sal; vitória portuguesa no Ameixial	

1664	Redige fragmentos a *História do Futuro* (iniciada em 1649)	Vitória portuguesa em Castelo Rodrigo; os holandeses tomam Cochim; 1ª edição das *Cartas Familiares* de D. Francisco Manuel de Melo e publicação das *Obras Morales* do mesmo autor	
1665		Vitória portuguesa em Montes Claros	Início da segunda guerra anglo--holandesa
1666	É preso nos cárceres da Inquisição; entrega a sua *Defesa* ao Tribunal	Casamento de D. Afonso VI com D. Maria Francisca Isabel de Saboia	
1667	Condenado pela Inquisição a privação de pregar e de voz ativa e passiva, com reclusão por tempo indeterminado	O Príncipe D. Pedro toma o poder e afasta D. Afonso VI; ratificação do tratado de paz com a Holanda e tratado de aliança com a França para que os três países combatam contra Espanha	
1668	É anulada a pena que o Santo Ofício lhe havia imposto	Tratado de paz com a Espanha; anulação do casamento de D. Afonso VI e de D. Francisca Isabel de Saboia e casamento de D. Pedro com a cunhada	Tríplice Aliança entre a Inglaterra, a Holanda e a Suécia contra a França
1669	Parte para Roma, buscando ficar livre da alçada da Inquisição portuguesa	D. Pedro consegue que o Papa Clemente IX aceite o embaixador português em Roma; nova paz com a Holanda	
1670			Eleição de Clemente X
1671		Início da procura de esmeraldas e prata no Brasil	

1672		Os cristãos-novos propõem a fundação da Companhia da Índia	Início da terceira guerra anglo-holandesa
1674	Prega à Rainha Cristina da Suécia, em Roma		
1675	Isentado da Inquisição portuguesa por um Breve pontifício; regressa a Portugal		
1677		Pragmática protetora da indústria nacional	
1679	É publicado o vol. I dos *Sermões*	Publicada a *História de Portugal Restaurado* de D. Luís de Meneses (2 vols., o segundo em 1698)	Frei Gonzalo Tenório, franciscano peruano, obtém da Inquisição romana autorização para publicar o seu *Compendium Ideae et Totius Operis*
1680		Nova lei do Conselho de Estado favorável à liberdade dos índios do Maranhão e do Pará; incremento da exportação do vinho do Porto para Inglaterra; fundação da Companhia de Cabo Verde e de Cacheu	
1681	Parte para a Baía; fixa residência na Quinta do Tanque onde prepara a edição dos *Sermões* e prossegue a redação da *Clavis Prophetarum*		

1682	É publicado o vol. II dos *Sermões*; estudantes de Coimbra queimam a sua efígie num auto de fé parodiado	Fundação da Companhia Negreira do Pará e Maranhão	
1683	É publicado o vol. III dos *Sermões*	Morte de D. Afonso VI; D. Pedro torna-se Rei	Derrota dos Turcos otomanos na Batalha de Viena
1685	É publicado o vol. IV dos *Sermões*	Baixa da venda de vinho; Macau deixa de ser o único entreposto para o comércio externo da China	
1686	É publicado o tomo I dos sermões *Maria Rosa Mística*, que corresponde ao XI dos *Sermões*	Pragmática que proíbe o uso de panos estrangeiros; publicação dos Exercícios Espirituais do Padre Manuel Bernardes	
1687		Casamento de D. Pedro II com D. Maria Sofia de Neuburgo; fundação de uma Companhia que monopoliza o comércio do Reino do Oriente e de Moçambique	
1688	É nomeado Visitador Geral da Província do Brasil; é publicado o tomo II dos sermões *Maria Rosa Mística*, que corresponde ao X dos *Sermões*	Nascimento do primeiro filho de D. Pedro II, D. João, falecido quase imediatamente	
1689	É publicado o vol. V dos *Sermões*	Nascimento do segundo filho de D. Pedro, D. João, futuro D. João V	

1690	É publicado o vol. VI dos *Sermões* e ainda o volume *Palavra de Deus Empenhada e Desempenhada,* que corresponde ao vol. XIII dos *Sermões*	Restabelecimento da Companhia de Cacheu e Cabo Verde cujo objetivo é fornecer escravos às Índias Espanholas	
1692	É publicado o vol. VII dos *Sermões*	D. Catarina de Bragança, viúva, embarca de regresso a Portugal	
1694	É publicado o vol. VIII dos *Sermões,* intitulado Xavier dormindo e Xavier acordado		
1696	Compõe o seu último sermão	Publicado o 2º volume dos *Sermões* do Padre Bartolomeu do Quental (1º em 1695)	
1697	Dita a sua última carta; morre, na Baía	Descoberta das minas de ouro e diamantes no Brasil	
1699	Publicado o vol. XII dos *Sermões*	Chegada a Lisboa do primeiro carregamento de ouro do Brasil; extinção da Companhia do Reino do Oriente e de Moçambique	

2.

LUGARES SELETOS

1. Sermões

Sermão da Primeira Sexta-feira da Quaresma, Capela Real, 1651[89]

«S. Pedro Damião e outros santos comparam os aduladores às sereias, as quais com a suavidade das suas vozes de tal modo encantavam os navegantes, que voluntariamente se lançavam e precipitavam às ondas, e se afogavam no mar em que elas viviam. Houve de passar por este mesmo mar (que era junto a Cila e Caríbdis) o fundador de Lisboa, Ulisses, e usando da sua ciência e sagacidade, que fez? Navegava em uma formosa galé da Grécia, e para que a chusma não faltasse à voga dos remos, nem a outra gente náutica à mareação das velas, e todos escapassem do encanto das sereias, tapou-lhes a todos os ouvidos de tal sorte, que as não ouvissem. Ele porém para que pudesse ouvir as vozes, deixou os ouvidos abertos, e para não padecer os efeitos do encanto, nem se precipitar ao mar, como acontecia a todos, mandou-se atar ao mastro tão fortemente, que ainda que quisesse, não se pudesse bulir nem mover. Esta é a história ou fábula engenhosamente fingida por Homero, para ensinar que os varões sábios e constantes como

[89] *Sermões*, vol. I, pp. 787-788.

Ulisses, ainda que ouçam os aduladores, e o contraponto doce das suas lisonjas, nem por isso se hão de deixar vencer de seus enganos e artifícios, mas persistir e continuar a derrota certa, sem mudar, deter, nem torcer a carreira do bom governo. Assim o poderá fazer também quem tanto confiar ou presumir da sua constância, e não conhecer que isto mesmo, ainda somente dito, é fábula. Mas se eu tivera autoridade para emendar a Homero e confiança para aconselhar a Ulisses, não o havia de querer com os ouvidos abertos, e as mãos atadas, senão com os ouvidos tapados e as mãos soltas. Porque com os ouvidos tapados não daria entrada à adulação, e com as mãos soltas seriam todas as ações suas, e como suas, verdadeiramente reais. Deste modo se conquista no mundo a fama imortal, e se assegura também no Céu a glória eterna.»

Sermão do Bom Ladrão, Igreja da Misericórdia de Lisboa 1655([90])

«Encomendou El-Rei D. João o Terceiro a S. Francisco Xavier o informasse do estado da Índia por via do seu companheiro, que era mestre do príncipe; e o que o Santo escreveu de lá, sem nomear ofícios, nem pessoas, foi, que o verbo *rapio* na Índia se conjugava por todos os modos. A frase parece jocosa em negócio tão sério; mas falou o servo de Deus, como fala Deus, que em uma palavra diz tudo. [...]

O que eu posso acrescentar, pela experiência que tenho, é, que não só do cabo da Boa Esperança para lá, mas também das partes daquém, se usa igualmente a mesma conjugação. Conjugam por todos os modos o verbo *rapio*; porque furtam por todos os modos da arte, não falando em outros novos e exquisitos, que não conheceu Donato, nem Despautério. Tanto que lá chegam, começam a furtar pelo modo indicativo, porque a

([90]) *Sermões*, vol. II, pp. 545-547.

primeira informação que pedem aos práticos, é que lhe apontem e mostrem os caminhos por onde podem abarcar tudo. Furtam pelo modo imperativo, porque como têm o mero e misto império, todo ele aplicam despoticamente às execuções da rapina. Furtam pelo modo mandativo, porque aceitam quanto lhes mandam; e para que mandem todos, os que não mandam não são aceitos. Furtam pelo modo optativo, porque desejam quanto lhes parece bem; e gabando as cousas desejadas aos donos delas, por cortesia sem vontade as fazem suas. Furtam pelo modo conjuntivo, porque ajuntam o seu pouco cabedal com o daqueles que manejam muito; e basta só que ajuntem a sua graça, para serem, quando menos, meeiros na ganância. Furtam pelo modo potencial, porque sem pretexto nem cerimónia usam de potência. Furtam pelo modo permissivo, porque permitem que outros furtem, e estes compram as permissões. Furtam pelo modo infinitivo, porque não tem fim o furtar com o fim do governo, e sempre lá deixam raízes, em que se vão continuando os furtos. Estes mesmos modos conjugam por todas as pessoas; porque a primeira pessoa do verbo é a sua, as segundas os seus criados e as terceiras quantas para isso têm indústria e consciência. Furtam juntamente por todos os tempos, porque o presente (que é o seu tempo) colhem quanto dá de si o triénio; e para incluírem no presente o pretérito e futuro, do pretérito desenterram crimes, de que vendem os perdões e dívidas esquecidas, de que se pagam inteiramente; e do futuro empenham as rendas e antecipam os contratos, com que tudo o caído, e não caído lhe vem a cair nas mãos. Finalmente, nos mesmos tempos não lhes escapam os imperfeitos, perfeitos, plusquamperfeitos, e quaisquer outros, porque furtam, furtaram, furtariam e haveriam de furtar mais, se mais houvesse. Em suma que o resumo de toda esta rapante conjugação vem a ser o supino do mesmo verbo: a furtar para furtar. E quando eles têm conjugado assim toda a voz ativa, e as miseráveis províncias suportado toda a passiva, eles, como se tiveram feito grandes serviços, tornam carregados de despojos e ricos; e elas ficam roubadas, e consumidas.»

Sermão da Sexagésima, Lisboa, Capela Real, 1655([91])

«Será porventura o não fazer fruto hoje a palavra de Deus, pela circunstância da pessoa? Será porque antigamente os pregadores eram santos, eram varões apostólicos e exemplares, e hoje os pregadores são eu e outros como eu? Boa razão é esta. A definição do pregador é a vida e o exemplo. Por isso Cristo no Evangelho não o comparou ao semeador, senão ao que semeia. [...] Uma cousa é o semeador, e outra o que semeia; uma cousa é o pregador, e outra o que prega. O semeador e o pregador é nome; o que semeia e o que prega é ação; e as ações são as que dão o ser ao pregador. Ter nome de pregador, ou ser pregador de nome não importa nada; as ações, a vida, o exemplo, as obras, são as que convertem o mundo. O melhor conceito que o pregador leva ao púlpito, qual cuidais que é? É o conceito que de sua vida têm os ouvintes.

Será porventura o estilo que hoje se usa nos púlpitos [que impede a palavra de Deus de dar fruto]? Um estilo tão empeçado, um estilo tão dificultoso, um estilo tão afetado, um estilo tão encontrado a toda a arte e a toda a natureza? Boa razão é também esta. O estilo há de ser muito fácil e muito natural. [...] Compara Cristo o pregar ao semear, porque o semear é uma arte que tem mais de natureza que de arte. Nas outras artes tudo é arte; na música tudo se faz por compasso, na arquitetura tudo se faz por regra, na aritmética tudo se faz por conta, na geometria tudo se faz por medida. O semear não é assim. É uma arte sem arte; caia onde cair. [...]

Assim há de ser o pregar. Hão de cair as cousas e hão de nascer; tão naturais que vão caindo, tão próprias que venham nascendo. Que diferente é o estilo violento e tirânico que hoje se usa! Ver vir os tristes passos da Escritura, como quem vem ao martírio; uns vêm acarretados, outros vêm arrastados,

([91]) *Sermões*, vol. I, pp. 82-102.

outros vêm estirados, outros vêm torcidos, outros vêm despedaçados, só atados não vêm. Há tal tirania? [...]

Já que falo contra os estilos modernos, quero alegar por mim o estilo do mais antigo pregador que houve no mundo. E qual foi ele? [...] Suposto que o Céu é pregador, deve ter sermões e deve ter palavras. Sim, tem, diz o mesmo David, tem palavras e tem sermões, e mais muito bem ouvidos. [...] E quais são estes sermões e estas palavras do Céu? As palavras são as estrelas, os sermões são a composição, a ordem, a harmonia e o curso delas. Vede como diz o estilo de pregar do Céu, com o estilo que Cristo ensinou na Terra? Um e outro é semear; a terra semeada de trigo, o céu semeado de estrelas. O pregar há de ser como quem semeia, e não como quem ladrilha ou azuleja. Ordenado, mas como as estrelas. *Stellae manentes in ordine suo*. Todas as estrelas estão por sua ordem; mas é ordem que faz influência, não é ordem que faça lavor. Não fez Deus o sermão em xadrez de palavras. Se de uma parte está branco, da outra há de estar negro; se de uma parte dizem luz, da outra hão de dizer sombra; se de uma parte dizem *desceu*, da outra hão de dizer *subiu*. Basta que não havemos de ver num sermão duas palavras em paz? Todas hão de estar sempre em fronteira com o seu contrário? Aprendamos do Céu o estilo da disposição e também o das palavras. Como hão de ser as palavras? Como as estrelas. As estrelas são muito distintas e muito claras. Assim há-de ser o estilo da pregação, muito distinto e muito claro. E nem por isso temais que pareça estilo baixo; as estrelas são muito distintas, e muito claras e altíssimas. [...] Este desventurado estilo que hoje se usa, os que o querem honrar chamam-lhe culto, os que o condenam chama-lhe escuro, mas ainda lhe fazem muita honra. O estilo culto não é escuro, é negro, e negro boçal e muito cerrado. É possível que somos portugueses e havemos de ouvir um pregador em português e não havemos de entender o que diz? Assim como há léxico para o grego, e calepino para o latim, assim é necessário haver um vocabulário do púlpito. [...]

Será pela matéria ou matérias que tomam os pregadores [que a pregação não dá fruto]? Usa-se hoje o modo que chama de apostilar o Evangelho, em que tomam muitas matérias, levantam muitos assuntos, e quem levanta muita caça e não segue nenhuma, não é muito que se recolha com as mãos vazias. Boa razão é também esta. O sermão há de ter um só assunto e uma só matéria. [...]

Ora vede. Uma árvore tem raízes, tem troncos, tem ramos, tem folhas, tem varas, tem flores, tem frutos. Assim há de ser o sermão: há de ter raízes fortes e sólidas, porque há de ser fundado no Evangelho; há de ter um tronco, porque há de ter um só assunto e tratar uma só matéria. Deste tronco hão de nascer diversos discursos, mas nascidos da mesma matéria e continuados nela. Estes ramos não hão de ser secos, senão cobertos de folhas, porque os discursos hão de ser vestidos e ornados de palavras. Há de ter esta árvore varas, que são a repreensão dos vícios, há de ter flores, que são as sentenças, e por remate de tudo há de ter frutos, que é o fruto e o fim a que se há de ordenar o sermão. De maneira que há de haver frutos, há de haver flores, há de haver varas, há de haver folhas, há de haver ramos, mas tudo nascido e fundado em um só tronco, que é uma só matéria. Se tudo são troncos, não é sermão, é madeira. Se tudo são ramos, não é sermão, são maravalhas. Se tudo são folhas, não é sermão, são verças. Se tudo são varas, não é sermão, é feixe. Se tudo são flores, não é sermão, é ramalhete. Assim que nesta árvore, a que podemos chamar árvore da vida, há de haver o proveitoso do fruto, o formoso das flores, o rigorosa das varas, o vestido das folhas, o estendido dos ramos, mas tudo isto nascido e formado de um só tronco, e esse não levantado no ar, senão fundado nas raízes do Evangelho. [...]

Uma das felicidades que se contava entre as do tempo presente, era acabarem-se as comédias em Portugal; mas não foi assim. Não se acabaram, mudaram-se. Passaram-se do teatro ao púlpito. [...] Pouco disse S. Paulo em lhes chamar comédia, porque muitos sermões há, que não são comédias, são farsa.

Sobe talvez ao púlpito um pregador dos que professam ser mortos ao mundo, vestido ou amortalhado em um hábito de penitência (que todos, mais ou menos ásperos, são de penitência; e todos, desde o dia que os professamos, mortalhas) a vista é de horror, o nome de reverência, a matéria de compunção, a dignidade de oráculo, o lugar e a expectação de silêncio; e quando este se rompeu, que é que se ouve? Se neste auditório estivesse um estrangeiro que nos não conhecesse e visse entrar este homem a falar em público naqueles trajos, e em tal lugar, cuidaria que havia de ouvir uma trombeta do Céu; que cada palavra sua havia de ser um raio para os corações, que havia de pregar com o zelo e com o fervor de um Elias, que com a voz, com o gesto, e com as ações, havia de fazer em pó e em cinza os vícios. Isto havia de cuidar o estrangeiro. E nós, que é o que vemos? Vemos sair da boca daquele homem, assim naqueles trajos, uma voz muito afetada e muito polida, e logo começar com muito desgarro, a quê? A motivar desvelos, a acreditar empenhos, a requintar finezas, a lisonjear precipícios, a brilhar auroras, a derreter cristais, a desmaiar jasmins, a toucar primaveras, e outras mil indignidades destas. Não é isto farsa a mais digna de riso, se não fora tanto para chorar? Na comédia o rei veste como rei e fala como rei, o lacaio veste como lacaio e fala como lacaio; o rústico veste como rústico e fala como rústico; mas um pregador, vestir como religioso e falar, como... não o quero dizer por reverência do lugar. Já que o púlpito é teatro e o sermão comédia, sequer, não faremos bem a figura? Não dirão as palavras com o vestido e com o ofício?»

Sermão da Epifania, Capela Real, 1662([92])

«Quando Deus confundiu as línguas na Torre de Babel, ponderou Filo Hebreu, que todos ficaram mudos e surdos,

([92]) *Sermões*, vol. I, pp. 433-435.

porque ainda que todos falavam e todos ouviam, nenhum entendia o outro. Na antiga Babel houve setenta e duas línguas: na Babel do rio das Amazonas já se conhecem mais de cento e cinquenta, tão diversas entre si como a nossa e a grega; e assim quando lá chegamos, todos nós somos mudos, e todos eles surdos. Vede, agora, quanto estudo e quanto trabalho será necessário para que estes mudos falem, e estes surdos oiçam. Nas terras dos Tírios e Sidónios, que também eram gentios, trouxeram a Cristo um mudo e surdo para que o curasse; e diz S. Marcos, que o Senhor se retirou com ele a um lugar apartado, que lhe meteu os dedos nos ouvidos, que lhe tocou a língua com saliva tirada da sua, que levantou os olhos ao Céu, e deu grandes gemidos, e então falou o mudo, e ouviu o surdo [...]. Pois se Cristo fazia os outros milagres tão facilmente, este de dar fala ao mudo, e ouvidos ao surdo, como lhe custa tanto trabalho e tantas diligências? Porque todas estas são necessárias a quem há de dar língua a estes mudos, e ouvidos a estes surdos. É necessário tomar o bárbaro à parte, e estar e instar com ele muito só por só, e muitas horas, e muitos dias: é necessário trabalhar com os dedos, escrevendo, apontando e interpretando por acenos o que se não pode alcançar das palavras: é necessário trabalhar com a língua, dobrando-a, e torcendo-a, e dando-lhe mil voltas para que chegue a pronunciar os acentos tão duros e tão estranhos: é necessário levantar os olhos ao Céu, uma e muitas vezes com a oração, e outras quase com desesperação, é necessário, finalmente, gemer e gemer com toda a alma; gemer com o entendimento, porque em tanta escuridade não vê saída; gemer com a memória, porque com tanta variedade não acha firmeza; e gemer até com a vontade, por constante que seja, porque no aperto de tantas dificuldades desfalece e quase desmaia. Enfim, com a pertinácia da indústria, ajudado da graça divina falam os mudos, e ouvem os surdos...»

Sermão de Quarta-feira de Cinzas, Santo António dos Portugueses, Roma, 1672([93])

«Ora suposto que já somos pó, e não pode deixar de ser, pois Deus o disse: perguntar-me-eis, e com muita razão, em que nos distinguimos logo os vivos dos mortos? Os mortos são pó, nós também somos pó; em que nos distinguimos uns dos outros? Distinguimo-nos os vivos dos mortos, assim como se distingue o pó do pó. Os vivos são pó levantado, os mortos são pó caído; os vivos são pó que anda, os mortos são pó que jaz: *Hic jacet*. Estão essas praças no verão cobertas de pó: dá um pé de vento, levanta-se o pó no ar, e que se faz? O que fazem os vivos, e muitos vivos. Não aquieta o pó nem pode estar quedo; anda, corre, voa; entra por esta rua, sai por aquela; já vai adiante, já torna atrás; tudo enche, tudo cobre, tudo envolve, tudo perturba, tudo toma, tudo cega, tudo penetra; em tudo e por tudo se mete, sem aquietar nem sossegar um momento, enquanto o vento dura. Acalmou o vento: cai o pó, e onde o vento parou, ali fica; ou dentro de casa, ou na rua, ou em cima de um telhado, ou no mar, ou no rio, ou no monte, ou na campanha. Não é assim? Assim é. E que pó e que vento é este? O pó somos nós: *Qui pulvis es*: o vento é a nossa vida: *Qui ventus est vita mea*. Deu o vento, levantou-se o pó: parou o vento, caiu. Deu o vento, eis o pó levantado; estes são os vivos. Parou o vento, eis o pó caído; estes são os mortos. Os vivos pó, os mortos pó; os vivos pó levantado, os mortos pó caído; os vivos pó com vento, e por isso vãos; os mortos pó sem vento, e por isso sem vaidade. Esta é a distinção e não há outra. [...]

À vista desta distinção tão verdadeira, e deste desengano tão certo, que posso eu dizer ao nosso pó, senão o que lhe diz a Igreja: *Memento homo*? Dois *Mementos* hei de fazer hoje ao pó: um Memento ao pó levantado, outro memento ao pó caído; um Memento ao pó que somos, outro Memento ao

([93]) *Sermões*, vol. I, pp. 585-590.

pó que havemos de ser: um memento ao pó que me ouve, outro Memento ao pó que me não pode ouvir. O primeiro será o Memento dos vivos, o segundo o dos mortos.

Aos vivos que direi eu? Digo que se lembre o pó levantado que há de ser pó caído. Levante-se o pó com o vento da vida, e muito mais com o vento da fortuna; mas lembre-se o pó que o vento da fortuna não pode durar muito mais que o vento da vida, e que pode durar muito menos porque é mais inconstante. O vento da vida por mais que cresça, nunca pode chegar a ser bonança; o vento da fortuna se cresce, pode chegar a ser tempestade, e tão grande tempestade, que se afogue nela o mesmo vento da vida. Pó levantado, lembra-te outra vez que hás de ser pó caído, e que tudo há de cair e ser pó contigo. [...]

Já não digo como até agora: lembra-te, homem, que és pó levantado, e hás de ser pó caído: o que digo é: lembra-te Roma, que és pó levantado e que és pó caído juntamente. Olha, Roma, daqui para baixo, e ver-te-ás caída e sepultada debaixo de ti: olha, Roma, de lá para cima e ver-te-ás levantada e pendente em cima de ti. Roma sobre Roma e Roma debaixo de Roma. Nas margens do Tibre a Roma que se vê para cima, vê-se também para baixo; mas aquilo são sombras: aqui a Roma que se vê em cima, vê-se também em baixo, e não é engano da vista, senão verdade: a cidade sobre as ruínas, o corpo sobre o cadáver, a Roma viva sobre a morta. Que coisa é Roma senão um sepulcro de si mesma? Em baixo os ossos, em cima o vulto. Este vulto, esta majestade, esta grandeza é a imagem do que está debaixo da terra. Ordenou a Providência Divina que Roma fosse tantas vezes destruída e depois reedificada sobre suas ruínas, para que a cabeça do mundo tivesse uma caveira em que se ver. Um homem pode-se ver na caveira de outro homem: a cabeça do mundo não se podia ver senão na sua própria caveira. Que é Roma levantada? A cabeça do mundo. Que é Roma caída? A caveira do mundo.»

Sermão Segundo. Nada, de Xavier Acordado([94])

«Comparemos, pois, com os olhos bem abertos, um nada com outro nada: o nada do que se possui, com o nada do que se não quer; e acharemos que o nada do que se possui (ainda sem o encargo ou encargos da consciência), é uma carga pesadíssima, cheia de cuidados, de desgostos, de temores, de dependências, de sujeições, de cativeiros: uma matéria tanto maior quanto elas forem maiores, sempre aparelhada e exposta aos golpes e vaivéns do tempo e da fortuna: e sem descanso, sem quietação, sem liberdade, uma riqueza rica de misérias, e a mais necessitada e extrema pobreza. Pelo contrário, o nada do não querer é um tesouro, só escondido aos cegos, no qual se encerra a isenção de todos os males, perigos e pesares desta vida, o descanso sem trabalho, a alegria sem tristeza, a liberdade sem sujeição, e a posse segura, e inalterável de todos os bens, e do maior de todos, que é o senhorio de nós mesmos. Se acaso esta riqueza não vos parece riqueza, porque não depende no campo do sol e da chuva que a criem, nem do muito sol que a seca, nem da muita chuva que a inunda, e afoga, nem da formiga, da lagarta, do gafanhoto, e das outras pragas, de que nenhuma indústria ou poder humano a pode defender: se vos não parece riqueza, porque não se fazem sobre ela pleitos, nem está sujeita a afeto, ou ódio do juiz, nem à verdade ou falsidade das testemunhas nem a ser citada, e levada a juízo para ouvir, e ser ouvido nos tribunais: se vos parece que não é riqueza, porque se não adquire com trabalho, nem se conserva com cuidado, nem se perde com dor própria, e, o que às vezes mais dói, com agrado e triunfo dos inimigos: se vos parece que não é riqueza porque por ela se não entrega a cobiça às ondas, e tempestades do mar, nem os exércitos se combatem nas campanhas, e se derrama o sangue, e perdem as vidas para sustentar a mesma vida, e o

([94]) *Sermões*, vol. V, pp. 212-213.

mesmo sangue: se vos parece que não é riqueza porque com antecipada crueldade de a possuir, vos não desejam a morte os filhos, os parentes e quaisquer outros que a esperam herdar: se vos parece que não é riqueza porque a não dão os reis, nem a consultam os ministros, nem a solicitam os requerimentos, e vós sois o requerente, o ministro e o rei, que só convosco vos despacheis: se vos não parece riqueza porque vos não tira, nem inquieta o sono a vigilância e astúcia do ladrão, a diligência, e negociação do émulo, e a calúnia, e engano do que a quer para si. Finalmente, se todas estas conveniências não bastam, sendo cada uma delas riquíssimas; considerai que da riqueza do não querer, nem vos hão de pedir conta os homens, nem vós a haveis de dar a Deus, antes o mesmo Deus em prémio do vosso não querer, vos há de dar aquela única bem-aventurança, e semelhante à sua, na qual, como diz Santo Agostinho, tereis tudo o que quiserdes, e nada do que não quiserdes [...]»

2. Cartas

Carta ao Padre Francisco de Morais, de 6 de maio de 1653([95])

«Enfim, amigo, pôde mais Deus que os homens e prevaleceram os decretos divinos a todas as traças e disposições humanas. A primeira vez vinha contra a vontade de El-Rei; desta segunda vim até contra a minha, para que nesta obra não houvesse vontade mais que a de Deus. Seja Ele bendito, que tanto caso faz de quem tão pouco vale, e tanto ama a quem tão mal lho merece. Ajudai-me, amigo, a Lhe dar infinitas graças e a pedir a Sua divina bondade ma dê, para que ao menos neste último quartel da vida Lhe não seja ingrato, como fui tanto em toda. Ah! Quem pudera desfazer o passado e

([95]) *Cartas*, vol. I, pp. 294-296.

tornar atrás o tempo e alcançar o impossível, que o que foi não houvera sido! Mas já que isto não pode ser, Deus meu, ao menos seja o futuro emenda do passado, e o que há de ser, satisfação do que foi. Estes são, amigo, hoje todos os meus cuidados, sem haver em mim outro gosto mais que chorar o que tive, e conhecer quão falsamente se dá este nome aos que, sobre tantos outros pesares, ou hão de ter na vida o do arrependimento ou na eternidade o do castigo. Ditoso quem, por se condenar ao primeiro, se livrar para sempre do segundo; e mais ditoso quem, tirando totalmente os olhos deste mundo, os puser só naquele sumo e infinito bem, que por sua formosura e bondade, ainda que não tivera justiça, devera ser amado.

Amigo, não é o temor do Inferno o que me há de levar ao Céu: o amor de quem lá se deixa ver e gozar, sim. Oh! Que bem empregados mares, e que bem padecidos maranhões, se por eles se chegar com mais segurança a tanta felicidade! Só um defeito acho nesta minha, que é não a poder repartir convosco; mas já que vivemos sem nós, vivamos com Deus, pois está em toda a parte; vejamo-nos n'Ele e ouçamo-l'O a Ele, que melhor será que ouvirmo-nos.

Se eu ouvira Suas inspirações, já não fora tão grande pecador; mas, se o menos mal é parte do bem, alguma consolação posso ter hoje, que no outro tempo me faltava. E, para que vós também a tenhais, sabei, amigo, que a melhor vida é esta. Ando vestido de um pano grosseiro cá da terra mais pardo que preto; como farinha de pau; durmo pouco; trabalho de pela manhã até à noite; gasto parte dela em me encomendar a Deus; não trato com mínima criatura; não saio fora senão a remédio de alguma alma; choro meus pecados; faço que outros chorem os seus; e o tempo que sobeja destas ocupações levam-no os livros da Madre Teresa e outros de semelhante leitura.

Finalmente, ainda que com grandes imperfeições, nenhuma cousa faço que não seja com Deus, por Deus e para Deus; e para estar na bem-aventurança só me falta o vê-l'O, que seria maior gosto, mas não maior felicidade. [...]

Ah! Amigo, quem pudera trasladar-vos aqui o coração, para que lêsseis nele as mais puras e as mais importantes verdades, não só escritas ou impressas, senão gravadas. Salvação! Amigo, salvação! Que tudo o mais é loucura.»

Carta ao Provincial do Brasil, de 22 de maio de 1653([96])

«Resolvemos, com o parecer dos padres, que até à partida dos navios para o Reino, deste ano de 53, ficasse eu na cidade [da Baía], cuidando no catecismo dos índios, e examinando os batismos, por estarem muitos inválidos, para o que fui seguindo o rol do pároco, por não ficar algum de fora. Nisto se fez um grande serviço a Deus, particularmente nos índios, porque a dificuldade espiritual extrema em que vive esta gente dificultosamente se pode conceber. Muitos deles estão ainda pagãos, e assim vivem e morrem nas casas dos portugueses, e, quando os repreendemos desta impiedade, escusam-se com dizerem que não tinham padres da Companhia que os baptizassem (como se só estes o pudessem fazer: Oh! Deus, e que miséria! Mas oh! Glória da Companhia). Muitos achei baptizados, que verdadeiramente o não eram, porque lhes deram o batismo sem nenhuma instrução, nem fazerem conceito do que recebiam. Dos mistérios da fé raros eram os que sabiam alguma cousa, ou rarísssimos os que sabiam o que era necessário para se salvarem. Achei velhos de sessenta e mais anos que nunca se confessaram, e os que o fizeram algumas vezes, perguntados quando, respondiam que com o Padre Luís Figueira [...], que, por boas contas, havia mais de dezassete anos tinha saído desta cidade.

Desterrei o abuso geral, muito introduzido, de não dar a comunhão aos índios nem na hora da morte, o qual estava aqui estabelecido como lei, e quase o mesmo se praticava com

([96]) *Cartas*, vol. I, pp. 334-341.

o uso do sacramento da Extrema-Unção. Os índios menos mal instruídos eram os que assistiam nas aldeias, que antes tinham sido frequentadas dos nossos padres antigos; ainda que também nelas estava quase perdido o uso dos sacramentos, por falta de quem lhos administrasse. De sorte que achei a maior parte dos índios, que vivem entre os portugueses, como se então acabaram de descer do sertão, e com alguns vícios demais, que se lhes pegaram dos mesmos portugueses. [...]

Saímos da nossa igreja à uma hora. Levamos adiante um grande pendão branco com a imagem do Santo Padre Inácio, que leva algum índio principal das aldeias, se o há na cidade, ou se não outro de respeito. Vão os nossos estudantes cantando a ladainha. Damos voltas pelas ruas principais, levando os índios adiante e as índias atrás, pedindo aos portugueses que estão pelas portas e janelas que os mandem, e, se é necessário, compelindo os que ficam; e, desta maneira, com uma muito comprida procissão chegamos à Matriz, e ali, postos os índios de um lado da igreja e as índias do outro, lhes faz o padre a doutrina, ensinando-lhes primeiro as orações do catecismo, e depois declarando-lhes os mistérios da fé, perguntando e premiando os que melhor respondem. E, porque esta gente, pela maior parte, está muito inculta, e os que sabem alguma cousa são as orações em português que eles não entendem, não sendo capazes de catecismo tão dilatado e miúdo como é o geral, que anda impresso, tomámos dele as cousas mais substanciais, e fizemos outro catecismo, recopilado, em que, por muito breve e claro estilo, estão dispostos os mistérios necessários à salvação, e este é o que se ensina. Os índios o percebem de tal maneira, por sua brevidade e clareza, que, não havendo índio na primeira doutrina que respondesse a alguma pergunta que se lhe fazia, à terceira doutrina houve muitos, e alguns meninos que responderam a muitas. Servia isto de conversão e repreensão a muitos portugueses, que se acharam presentes, os quais se desculpavam com a incapacidade dos seus índios, sendo que, pela maior parte, são muito capazes e só lhes falta a cultura.

Além deste catecismo breve, fizemos outro brevíssimo, para, nos casos de maior necessidade, se poder batizar um gentio e ajudar a morrer um batizado [...].

Aos presos da cadeia visitamos, e, como os ministros de El-Rei têm todos muito respeito à Companhia, temos ajudado bem a alguns em seus trabalhos.

Ao hospital não vamos, porque o não há nesta terra; mas estranhando-se isto num sermão, logo trataram os irmãos da Misericórdia que o houvesse, se ofereceram boas esmolas e se dispõe a obra, que será um grande remédio, principalmente para os soldados, que não têm outro, e pela muita gente derrotada que aqui vem ter.

Na portaria não damos a esmola ordinária, porque não há nesta cidade pobres que peçam de porta em porta. Para socorrermos no que pudéssemos as pobrezas ocultas, e lhes buscarmos algumas esmolas, pedimos ao pároco nos desse uma lista das pessoas necessitadas, mas não teve efeito esta diligência, porque mais fácil é padecerem a pobreza que confessá-la. Contudo, nos confessionários, à volta de outras fraquezas se manifestam também estas, e por esta via socorremos algumas necessidades, em que tanto se acudiu aos corpos, como às almas.»

Carta de 1654 ao Padre Provincial do Brasil([97])

«Com esta frota partimos pelo rio Tocantins, aproveitando-nos da enchente da maré, que só até aqui nos acompanhou, prometendo-nos muita felicidade na jornada, por ser em dia de Nossa Senhora de expectação, a 18 de dezembro. À meia-noite fizemos *pabóca*, que é frase com que cá se chama o partir, corrompendo a palavra da terra, e nos dias seguintes passámos às praias da viração. Parecerá que se chamam assim por correr nelas vento fresco; mas a razão por que os portu-

([97]) *Cartas*, vol. I, p. 355-360.

gueses lhe deram este nome é a que direi a V. Rev.ª. Nos meses de outubro e novembro saem do mar e do rio do Pará grande quantidade de tartarugas, que vêm criar nos areais de algumas ilhas que pelo meio deste Tocantins estão lançadas. O modo de criação é enterrarem os ovos, que cada uma põe em número de oitenta até cem, e cobertos com a mesma areia os deixam ao sol e à natureza, a qual, sem outra assistência ou benefício da mãe, os cria em espaço pouco mais ou menos de um mês. Destas covas saem para as ondas do mar por instinto da mesma natureza, a qual também as ensina a sair de noite, e não de dia, pela guerra que lhe fazem as aves de rapina, porque toda a que antes de amanhecer não alcançou o rio a levarão nas unhas. Saem estas tartaruguinhas tamanhas como um caranguejo pequeno; mas nem esta inocência lhe perdoaram os nossos índios, comendo e fazendo matolatagem, porque são delícia, e havia infinidade delas. Os portugueses as mandam buscar aqui, e as têm por comer regalado [...].

A estas mesmas praias vem, no seu tempo, quase todo o Pará a fazer pesca das tartarugas, que cada uma ordinariamente pesa mais de uma arroba, e assim as têm em currais ou viveiros, onde entra a maré, e as sustentam sem lhe darem de comer, salvo algumas folhas de aninga, arbusto que nasce pela borda dos rios, sustentando-se delas quatro e seis meses. A carne é como a de carneiro, e se fazem dela os mesmos guisados, que mais parecem de carne que pescado. Os ovos são como os de galinha na cor, e quase no sabor, a casca, mais branca e de figura diferente, porque são redondos, e deles bem machucados se fazem em tachos as belas manteigas do Pará; e o modo com que se faz esta pesca requer mais notícia que indústria, pela muita cautela e pouca resistência das tartarugas. Quando vêm a desembarcar nestas praias, trazem diante duas, como sentinelas, que vêm a espiar com muita pausa; logo depois destas, com bom espaço, vêm oito ou dez como descobridores do campo, e depois delas, em maior distância, vem todo o exército das tartarugas, que consta de muitos milhares. Se as primeiras e as segundas sentem algum rumor, voltam para trás, e com elas as demais, e todas se somem num momento: por isso os que vêm à pesca se escondem de emboscada com grande quietação e silêncio.

Saem, pois, as duas primeiras espias, passeiam de alto a baixo toda a praia, e como estas acham o campo livre, saem também as da vanguarda, e fazem muito devagar a mesma vigia, e, como dão a campanha por segura, entram à água e voltam, e depois dela sai toda a multidão do exército com os escudos às costas, e começam a cobrir as praias e correr em grande tropel para o mais alto delas. Aplica-se cada uma a fazer sua cova, e, quando já não saem mais e estão entretidas umas no trabalho, outras já na dor daquela ocupação, rebentam então os pescadores da emboscada, tomam a parte da praia, e, remetendo as tartarugas, não fazem mais que ir virando e deixando, porque em estando viradas de costas não se podem mais bulir, e por isso estas praias e estas tartarugas se chamam de viração.

[...]

Na manhã do outro dia, que foi o de S. Tomé, nos receberam os matos com alvorada de passarinhos, cousa nova e que até aqui não experimentámos, antes tínhamos notado quase não haver pássaros do mato no Pará, havendo infinitas aves marítimas, e de muito alegres cores, em todos seus rios. A razão natural desta diferença nos pareceu ser não só a do sítio, senão a do clima, porque depois que partimos do Camutá fomos sempre inclinando para o sul, e estes três dias últimos direitos a ele, com que nos fizemos hoje quase em dois graus para cá da Linha; e como o Pará está quase debaixo dela, a moderação, com que aqui vem já inclinada a intemperança da equinocial, dará mais lugar à criação e conservação das aves terrestres, principalmente das menores. [...]

O dia depois de S. Tomé gastámos em espalmar e calafetar as canoas, e acabar de prevenir cordas, para passar as cachoeiras em que daqui por diante havemos de entrar. E não cause estranheza o calafetar das canoas, porque, posto que aqui se fazem de um só pau, como no Brasil, são, porém, abertas pela proa e pela popa e acrescentadas pela borda com falcas, para ficarem mais altas e possantes; e assim as costuras destas, como os escudos ou rodelas com que se fecham a proa e popa, necessitam de calafeto. Os armazéns, de que se tiram todos estes aprestos, são os que a Natureza tem prontos, em qualquer parte deste rio aonde se aporta (o mesmo é nos mais), que é cousa verdadeiramente digna de dar graças à providência do Divino Criador, porque, indo nesta jornada trezentas pessoas (é o mesmo como se foram três mil) em embarcações calafetadas, breadas, toldadas, velejadas e não providas de mantimentos mais que uma pouca de farinha, em qualquer parte que chegamos achamos prevenido de tudo a pouco trabalho. A estopa se faz de cascas de árvores, sem mais indústria que despi-las. Destas mesmas, ou outras semelhantes, fazem os índios as cordas muito fortes e bem torcidas e cochadas, sem rodas, carretilhas, nem outro algum artifício. Os toldos se fazem de vimes, que cá se chama *timbòstiticas*, e certas folhas largas, a que chamam *ubi*, tão tecidos e tapados que não há nenhuns que reparem do sol, nem defendam da chuva, por mais grossa e continuada, e são tão leves que pouco peso fazem à embarcação. O breu sai da resina das árvores, de que há grande quantidade nestas partes, e se breiam com ele não só as canoas, senão os navios de alto bordo, quando querenam, tão bem como o nosso, senão que este é mais cheiroso. [...]

É um louvar a Deus.»

Carta a D. Rodrigo de Meneses, 14 de setembro de 1665([98])

«Lembrado está V. S.ª daqueles intentos acerca do papel escrito ao Bispo do Japão, que foram impedidos pelo Senhor Marquês, interpondo-se a autoridade da rainha nossa senhora.

([98]) *Cartas*, vol. II, pp. 245-246.

A estes pontos me mandaram responder os ministros desta Universidade, apontando neles tudo quanto disse ou escrevi, e tudo quanto imaginei dizer ou escrever em minha vida, que de tudo se pediu conta, e de tudo se me fez cargo. A tudo prometi responder e satisfazer, e sobre matérias (que são infinitas e não tratadas até agora pelos doutores) tenho escrito muito, mas falta muito mais por escrever, e tudo por concluir, porque as pedras deste edifício estão lavradas a pedaços e sem nenhuma ordem, como acontece em todas, e muito mais nas deste género, de que V. S.ª bem pode ser testemunha, pela mercê, que me tem feito, de descobrir e me mandar tantos livros, e ainda de me mandar buscar fora do Reino os que não têm chegado. E é de direito natural que ninguém possa ser julgado sem se lhe dar defesa e o tempo necessário para ela. Sobre ser muito desproporcionado o tempo que se me tem dado para a minha, a despeito da multidão das matérias e qualidade delas, é tal o rigor da minha desgraça que me não querem levar em conta o tempo das minhas enfermidades, sendo tão graves e tão perigosas, por serem mui dilatadas, e que me não valha o axioma tão recebido e ditado pela mesma natureza, que *legitime impedito non currit tempus*: represento e requeiro que, ou se me dê tempo suficiente para responder por escrito, ou que me permitam responder verbalmente, ao que me ofereço desde logo. E sendo esta resposta tão justa e tão justificada não é recebida, e, sem embargo do estado em que estou, continuam as baterias com tal aperto que parece me querem matar, como já estivera morto por esta mesma causa, se Deus me não sustentara a vida depois de desconfiados todos dela; porque dos excessos que fiz, sendo obrigado a estudar e a escrever de dia e de noite, vim a lançar muito sangue pela boca, de que tantas vezes me queixei a V. S.ª, e ultimamente a cair em uma cama com tanto risco. Tenho notícia que todos os apertos manam dessa cidade, e como nela não tenho outra esperança nem outro amparo mais que aquele ministro, parente de V. S.ª, que tão propício se mostrou sempre às minhas cousas, estimarei muito que V. S.ª nesta tão apertada ocasião me valha com ele, esperando da sua inteireza e piedade queira acudir por minha justiça, e que ela, pois é tão manifesta neste incidente, de que depende o demais, não pereça ao desamparo.»

3. História do Futuro

História do Futuro, Livro Anteprimeiro, Prologómeno a toda a História do Futuro, pp. 1-24([99])

Capítulo I

Nenhuma coisa se pode prometer à natureza humana mais conforme ao seu maior apetite, nem mais superior a toda a sua capacidade, que a notícia dos tempos e sucessos futuros; e isto é o que oferece a Portugal, à Europa e ao Mundo esta nova e nunca ouvida história. As outras histórias contam as coisas passadas; esta promete dizer as que estão por vir: as outras trazem à memória aqueles sucessos públicos que viu o Mundo; esta intenta manifestar ao Mundo aqueles segredos ocultos e escuríssimos que não chega a penetrar o entendimento. Levanta-se este assunto sobre toda a esfera da capacidade humana, porque Deus que é a fonte de toda a sabedoria, posto que repartiu os tesouros dela tão liberalmente com os homens, e muito mais com o primeiro, sempre reservou para si a ciência dos futuros, como regalia própria da Divindade; como Deus por natureza seja eterno, é excelência gloriosa não tanto da sua sabedoria, quanto da sua eternidade, que todos os futuros lhe sejam presentes: o homem filho do tempo reparte com o mesmo a sua ciência, ou a sua ignorância: do presente sabe pouco, do passado menos e do futuro nada. [...]

([99]) *História do Futuro, Livro Anteprimeiro, Prologómeno a toda a História do Futuro, em que se declara o fim e se provam os fundamentos dela*, Lisboa Ocidental, Na Oficina de António Pedroso Galrão, 1718, (atualização da grafia e da pontuação da minha responsabilidade).

Para satisfazer pois à maior ânsia deste apetite [de conhecer os futuros], e para correr a cortina aos maiores e mais ocultos segredos deste mistério, pomos hoje no teatro do Mundo esta nossa história, por isso chamada do futuro. [...] A história mais antiga começa no princípio do Mundo; a mais estendida e continuada acaba nos tempos em que foi escrita. Esta nossa começa no tempo em que se escreve, continua por toda a duração do Mundo e acaba com o fim dele: mede os tempos vindouros antes de virem, conta os sucessos futuros antes de sucederem e descreve feitos heroicos e famosos antes da fama os publicar e de serem feitos. [...]

Aqueles Historiadores que nomeamos e foram os mais célebres do Mundo, escreveram os Impérios, as Repúblicas, as Leis, os conselhos, as resoluções, as conquistas, as batalhas, as vitórias, a grandeza, a opulência, e felicidade, a mudança, a declinação, a ruína ou daquelas mesmas nações, ou de outras igualmente poderosas que com elas contendiam. Nós também havemos de falar de Reinos, e de Impérios, de exercícios e de vitórias, de ruínas de umas nações e exaltações de outras; mas de Impérios não já fundados, senão que se hão de fundar; de vitórias não já vencidas, mas que se hão de vencer; de nações não já domadas e rendidas, senão que se hão de render e domar.

Hão se de ler nesta história, para exaltação da Fé, para triunfo da Igreja, para glória de Cristo, para felicidade e paz universal do Mundo, altos conselhos, animosas resoluções, religiosas empresas, heroicas façanhas, maravilhosas vitórias, portentosas conquistas, estranhas e espantosas mudanças de estados; de tempos, de gentes, de costumes, de governo, de leis; mas leis novas, governos novos, costumes novos, gentes novas, tempos novos, estados novos, conselhos e resoluções novas, empresas e façanhas novas, conquistas, vitórias, paz, triunfos e felicidades novas e não só novas, porque são futuras, mas porque não terão semelhança com elas nenhuma das passadas. Ouvirá o Mundo o que nunca viu, lerá o que nunca ouviu, admirará o que nunca leu e pasmará assombrado do que nunca imaginou: e se as histórias daqueles escritores, sendo de coisas menores antigas e passadas, se leram sempre com gosto, e depois de sabidas se tornaram a ler sem fastio, confiança nos fica para esperar que não será ingrato aos leitores este nosso trabalho e que será tão deleitosa ao gosto e ao juízo a história do futuro, quanto é estranho ao papel o assunto e nome dela.

Mas porque não cuide alguma curiosidade crítica que o nome do futuro não concorda, nem se ajusta bem com o título de história, saiba que nos pareceu chamar assim a esta nossa escritura; porque sendo novo e inaudito o argumento dela, também lhe era devido nome novo e não ouvido. [...]

Sós e solitariamente entramos nela [...] sem companheiro, nem guia, sem estrela, nem farol, sem exemplar, nem exemplo: o mar é imenso, as ondas confusas, as nuvens espessas, a noite escuríssima: mas esperamos no Pai dos lumes (a cuja glória e de seu Filho servimos) tirará a salvamento a frágil barquinha [...].

Capítulo II

No capítulo passado falámos com todo o mundo; neste só com Portugal: naquele prometemos grandes futuros ao desejo; neste asseguramos breves desejos ao futuro: nem todos os futuros são para desejar, porque há muitos futuros para temer. [...]

Eu, Portugal (com quem só falo agora) nem espero o teu agradecimento, nem temo a tua ingratidão [...]; se nas letras que interpreto achara desgraças (bem poderá ser que as tenhas) eu te dissera a má fortuna sem receio, assim como te digo a boa sem lisonja: mas é tal a tua estrela (benignidade de Deus contigo deverá ser) que tudo o que leio de ti são grandezas, tudo o que descubro melhoras, tudo o que alcanço felicidades. Isto é o que deves esperar e isto o que te espera; por isso em nome segundo e mais declarado chamo a esta mesma escritura Esperanças de Portugal e este é o comento breve de toda a História do Futuro. [...]

Mas perguntar-me-á por ventura alguma emulação estrangeira (que às naturais não respondo), se o Império esperado, como se diz no mesmo título, é do Mundo, as esperanças porque não serão também do Mundo, senão só de Portugal? A razão (perdoe o mesmo Mundo) é esta. Porque a melhor parte dos venturosos futuros, que se esperam, e a mais gloriosa deles será não só própria de nação portuguesa, senão única e singularmente sua. Portugal será o assunto, Portugal o centro, Portugal o teatro, Portugal o princípio e fim destas maravilhas e os instrumentos prodigiosos delas os portugueses.

Vê agora, ó Pátria minha, quão agradável te deve ser e com quanto gosto deves aceitar a oferta que te faço desta nova história: e com que alvoroço e alegria pede a razão e amor natural, que leias e consideres nela os seus e os teus futuros. O grego lê com maior gosto as histórias de Grécia, o romano as de Roma, e o bárbaro as da sua nação; porque são feitos seus e de seus antepassados. E Portugal que com novidade inaudita lerá nesta história os seus e os dos seus vindouros, com quanto maior gosto e contentamento, com quanto maior aplauso e alvoroço será razão que o faça? Portentosas foram antigamente aquelas façanhas, ó portugueses, com que descobristes novos mares e novas terras e destes a conhecer o mundo ao mesmo mundo; assim como líeis então aquelas vossas histórias, lede agora esta minha, que também é toda vossa. Vós descobristes ao mundo o que ele era, e eu vos descubro a vós o que haveis de ser. Em nada é segundo e menor este descobrimento, senão maior em tudo: maior cabo, maior esperança, maior Império.»

4. Clavis Prophetarum, Chave dos Profetas

Clavis Prophetarum, Livro III, Capítulo VIII, parágrafo III, p. 621-635([100])

«Assim diz ele [Deus] pela boca de Jeremias (cap. 31): *E ninguém daqui em diante ensinará o seu próximo nem o seu irmão, dizendo: conhece o Senhor; pois todos me conhecerão desde o mais novo ao mais velho, diz o Senhor.*

Se é o Senhor que o afirma, quem ousará negá-lo? Acaso poderia ter dito algo de mais claro e transparente, ou mais aplicado a pessoas singulares e indivíduas, e mais amplamente e universalmente acerca de todos, desde o mais novo ao mais velho, sem excetuar ninguém? [...] É necessário, e de uma necessidade absoluta, que todos os homens em geral venham a conhecer a Deus e a crer em Cristo, no tempo do novo Testamento e da lei da graça, de que falávamos; não porém em todo o tempo e estado da Igreja, como o que no presente vivemos, mas num outro mais feliz e mais perfeito, que um dia sem dúvida há de vir. [...]

Quanto à experiência, é mais assombroso que todo o assombro definir, a partir da experiência passada ou presente, o futuro que só de Deus depende, ou negá-lo ao próprio Deus: não foi, logo não será. Não vimos, logo não veremos. Como se Deus, quando fez alguma coisa, se tivesse imposto a si mesmo a lei de não fazer coisa diferente ou contrária daí em diante. Oxalá que lêssemos os Profetas e atendêssemos, como diz S. Pedro, às suas palavras como a lucerna em lugar caliginoso. Dos últimos dias da Igreja diz Deus por Isaías (65, 17): *Eis que eu crio novo s céus e nova terra: e não ficarão na lembrança as primeiras coisas, nem virão à memória*. Se, portanto, as coisas futuras serão a tal ponto maiores e melhores que apa-

([100]) *Clavis Prophetarum, Chave dos Profetas*, Livro III, Edição crítica de Arnaldo do Espírito Santo, Lisboa, Biblioteca Nacional, 2000.

guem a lembrança das passadas, e de tal forma excelentes que nenhuma inteligência possa compreendê-las, nem nenhuma imaginação imaginá-las, como é que a experiência conhecerá coisas novas a partir das velhas, coisas futuras a partir das passadas, e a partir das vistas e ouvidas coisas que nem os olhos viram nem os ouvidos ouviram? [...]

Às parábolas não é difícil responder. Como o próprio Cristo foi ministro da circuncisão e não foi enviado a outros mas somente às ovelhas que pereceram da casa de Israel, e como, por seu lado, na lei de Moisés quase nada está expressamente dito acerca do céu e do inferno, nem sobre a pena eterna nem sobre a recompensa, e como as promessas da mesma lei e as ameaças apenas significam aspetos temporais, foi necessário ao divino Mestre dirigir a doutrina das suas parábolas e ensinamentos mais elevados e mais úteis, nos quais os novos ouvintes fossem advertidos do perigo dos maus e da segurança dos bons. E como também não deixasse por dizer muitas coisas acerca da sua Igreja, como nas parábolas da vinha, do tesouro escondido no campo, do negociante que procura pedras preciosas de qualidade, e em outras, não omitiu o crescimento da mesma Igreja, a partir de modestos primórdios, no último e mais perfeito estado, sem esquecer que todo o mundo há de converter-se a ele. [...]

Na parábola da mulher que esconde o fermento em três alqueires de farinha, até que tudo esteja fermentado, é simbolizada, numa comparação humilde mas numa figura extremamente adequada, toda a história da Igreja e todo o progresso e fruto do Evangelho. Com efeito, a mulher é a Igreja, os três alqueires de farinha são a Europa, a África e a Ásia, as três partes, as únicas, de que constava o mundo daquele tempo. O fermento é o Evangelho e a sua pregação, e toda a massa fermentada da farinha é a conversão e a transformação de todo o mundo. 'Efetivamente', diz Teofilacto, 'embora o fermento seja tão pouco, leveda toda a farinha. Assim também vós, Apóstolos, transformareis todo o mundo, embora sejais poucos.' [...]»

3.

DISCURSO DIRETO

Entrevista ao Senhor Professor Doutor Arnaldo do Espírito Santo, Professor Catedrático da Faculdade de Letras da Universidade de Lisboa, tradutor e editor da *Clavis Prophetarum*

1. A *Clavis Prophetarum* aguardou, durante muitos anos, um tradutor e editor. Porquê?

Para responder diretamente à pergunta, começo por me referir à questão da edição impressa. A *Clavis* não veio a lume em letra de forma em vida de Vieira, porque à data da sua morte, em 1697, não estava concluída. Mas eram já muitas as vozes que reclamavam a sua publicação. Logo após a morte de Vieira, foi preparada uma cópia 'alimpada' do texto, como se dizia na época, redigido na sua maior parte em Roma, entre 1670 e 1675, e provavelmente em Portugal na época de passagem para o Brasil, de agosto de 1675 a finais de 1680, ou revisto e acrescentado por Vieira na Quinta do Tanque, Baía, quando tentou dar a última demão ao conjunto e pôr um ponto final à obra. A intenção com que foi feita esta cópia e enviada para Roma a pedido do Superior Geral era sem dúvida a publicação da *Clavis*. Contudo, pesava sobre Vieira uma sentença condenatória proferida em 23 de dezembro de 1667, a qual incidia expressamente sobre matéria profética, que Vieira não eliminou totalmente da *Clavis*, como, por exemplo, a conversão universal dos Judeus e a tese de que o Reino de Cristo havia de ser simultaneamente espiritual e temporal. Já no princípio do século XVIII, segundo decénio, a Inquisição de Lisboa mandou fazer uma qualificação da obra; apesar do peso desfavorável dessa reputação dominante, o qualificador, Padre António Casnedi, iliba totalmente Vieira de qualquer imperfeição doutrinal, merecedora de censura. Ainda pela mesma altura, foi elaborada uma qualificação idêntica para o Santo Ofício Romano, que pelo contrário se insurgia contra algumas proposições de Vieira. Mas logo a seguir, duas opiniões de grande autoridade, a de Fr. Jacinto de Santa Romana, Teólogo Dominicano, e a de André Semery, Censor Geral da Companhia de Jesus, vieram rebater a opinião do Censor do Santo Ofício, cuja inteligência desconsideram. Havia, pois, diversidade de opiniões. Parece ter prevalecido a negativa, embora fosse provavelmente minoritária. Entretanto chegamos a meados do séc. XVIII. Vieira e a *Clavis* não podiam ficar imunes à devastação do antijesuitismo reinante. Digamos que, passados os tempos que se seguiram à morte do Padre António Vieira, não houve condições até cerca de meados do séc. XX, para se promover uma edição impressa da *Clavis*. Em sua substituição foram surgindo, entre os séculos XVIII e XIX, as cópias manuscritas, de que é conhecida cerca de uma vintena de exemplares, o que não deixa de ser uma certa forma de edição e divulgação.

2. Qualquer edição crítica de um texto, resulta, até certo ponto, das escolhas do editor. Que escolhas foram determinantes para a realização da sua edição crítica da *Clavis Prophetarum*?

Que o editor deve proceder à escolha das lições variantes a figurarem no texto editado constitui um princípio básico da crítica textual. Uma vez desconhecido ou perdido o original, o editor não tem outra saída senão estabelecer, por comparação ou colação das várias cópias subsistentes, o texto que o autor escreveu ou, pelo menos, o do arquétipo a que remontam essas cópias. A primeira operação a fazer consiste na colação minuciosa, palavra a palavra, do texto de todos os manuscritos conhecidos. Se se chegar à conclusão de que há manuscritos dependentes de cópia existente, esses manuscritos são eliminados, porque as suas variantes em relação ao modelo são devidas a distrações ou a inovações da autoria do copista e como tal não correspondem à vontade do autor. Eliminadas, pois, as cópias desse género para efeitos do estabelecimento do texto, a escolha do editor orienta-se segundo critérios mais ou menos consagrados, restando embora alguma margem de arbitrariedade, em pequeno grau, na maior parte dos casos. No caso da *Clavis* este trabalho está simplificado, pela simples razão de que todas as cópias derivam de dois manuscritos conhecidos, que por sua vez são cópias diretas do original. Um deles é um manuscrito da Biblioteca Casanatense, copiado na Baía e enviado para Roma em 1699, sujeito a uma censura de que resultaram rasuras e eliminação de várias páginas de texto. O outro é um manuscrito que apresenta um texto que, segundo se diz no seu frontispício, «corresponde não só à cópia enviada para Roma em 1699, mas ainda ao original que se encontrava na posse do Cardeal D. Nuno da Cunha, Inquisidor Geral de todo o Império português.» Devo acrescentar que as lições variantes existentes entre estes manuscritos são mínimas e não significativas, pois se reduzem quase sempre a variantes ortográficas. Onde foi rasurado ou eliminado o texto da cópia enviada para Roma adotou-se o texto da cópia relacionada com D. Nuno da Cunha. Assim, não houve que proceder a grandes escolhas, a não ser eliminar do texto o que nele foi alterado por intervenção, no Casanatense, dos qualificadores do Santo Ofício em Roma.

3. Porque começou pela tradução do Livro III?

Como tenho dito e escrito, a iniciativa de editar a *Clavis Prophetarum* deve-se à grande especialista da obra do Padre

António Vieira que foi Margarida Vieira Mendes. A minha função principal era traduzir o texto, tarefa que concluí em dezembro de 1996. A Margarida leu a tradução ainda em forma manuscrita. Foi sua opinião que para o Congresso Internacional Vieira Escritor, no terceiro centenário da morte do Padre António Vieira, que se avizinhava, o Livro III era o mais significativo do ponto de vista do conteúdo. Não tive a mínima hesitação em dar cumprimento a esta perspetiva que recebi da Margarida Vieira Mendes. Com o evoluir do trabalho, quando comecei a preparar a edição do texto latino, deparou-se-me outro motivo. Começar pelo livro terceiro, o mais atingido pela censura em um dos manuscritos, tinha a vantagem de enfrentar a maior parte dos problemas da fixação do texto colocados por essa circunstância. Além disso, se a obra estava inconclusa, até que ponto esse facto teria deixado marcas no texto? Assim, acabou por ser este conjunto de razões que levou a fazer da edição do Livro III uma espécie de balão de ensaio de toda a obra.

4. Está prevista a tradução dos restantes volumes da obra?

Está prevista desde o início. Devo aqui acrescentar o seguinte, em abono da verdade, não como desculpa pela demora. O projeto inicial, como foi concebido pela Margarida, previa apenas a edição do texto do Manuscrito 359 da Biblioteca Gregoriana. Foi uma fotocópia desse manuscrito que ela me entregou para dar início à transcrição. Entretanto, durante o Congresso de Vieira Escritor (21-23 de janeiro de 1997), houve intervenções, vindas dos participantes, que sugeriram que se utilizassem para a edição outros manuscritos, um dos quais o Casanatense. Neste ponto devo fazer referência a um elo de outra corrente. Para abreviar pormenores, tive a dita de entrar em contacto com o Padre Pereira Gomes – o primeiro a transcrever todo o texto em máquina datilográfica tendo em vista a sua futura edição – que me passou para as mãos uma reprodução fotográfica do Casanatense e fotocópias de outros manuscritos que possuía. Estavam, deste modo, reunidas as principais condições para uma edição crítica da obra. A esses manuscritos vieram juntar-se os da Torre do Tombo, da Biblioteca da Ajuda, da Biblioteca Nacional de Portugal e da Biblioteca Nacional do México. Uma edição crítica com tal volume de manuscritos é obra demorada, sobretudo quando se está embrenhado em aulas, orientação de teses, cargos diretivos, etc. Apesar disso, está pronto o texto crítico latino do Livro I bem como três quartos da respetiva tradução. Prevê-se, pois, para breve a sua entrega para publicação.

5. O tradutor da *Clavis Prophetarum* deve possuir uma 'bagagem' específica? Qual?

A edição do texto latino da *Clavis* requer conhecimentos em vários domínios: da língua latina clássica, do latim patrístico e medieval; de algum grego e de algum hebraico, para poder manejar as etimologias em que Vieira se mete; da literatura clássica, grega e latina, e da teorização retórica; da cultura clássica e da história da Antiguidade; da exegese e da história bíblica; da teologia e da filosofia tomista; da moral e do catecismo cristão; das linhas da exegese renascentista e do tempo de Vieira; e sobretudo conhecer a Bíblia na ponta da língua. Sem isso cairá em todos os alçapões quem tentar editar e traduzir a *Clavis*. Não basta a cultura geral que se adquire nos cursos humanísticos das nossas Faculdades. Enfim, o que se requer é que tenha a formação que Vieira adquiriu, muito voltada para as humanidades clássicas e para as ciências eclesiásticas, acrescida da vivência do mistério cristão. Caso contrário fará uma leitura da obra sempre ao lado do sentido, mal guiado pela aparência das palavras. E disso se ressentirá a tradução.

6. Esta obra, que foi redigida em latim, mesmo traduzida em português é de leitura difícil para o leitor vulgar? Porquê?

Não, não é difícil para um leitor que tenha hábitos de leitura, que saiba absorver o sentido do que lê e, sobretudo, que saiba pensar. Deixe-me matizar a resposta. Vieira é um grande escritor; em latim tal como em português tem um estilo claro e atraente. Diz as coisas mais complicadas de forma cativante. Ele próprio como que conduz o leitor nos meandros mais sinuosos do seu pensamento. Muitas vezes, Vieira coloca-se, ao longo da exposição, no papel do leitor, como que a antever as suas dificuldades. Quando sente que um assunto é um pouco mais complexo, avisa-o de que «Tudo isso será demonstrado pausadamente no seu devido lugar.» São frequentes as referências como esta: «Baste por agora apontá-lo sumariamente, a fim de que a força ou a ideia daquela argumentação não mantenha o leitor na incerteza.» Quando se apercebe de que há alusão a um aspeto particular da cultura ou da história, que um leitor vulgar possa desconhecer, Vieira introduz o tema e faz uma pequena digressão para o pôr ao corrente da informação necessária, como no seguinte passo: «Mas não será molestado o pio leitor fazendo-o ouvir contar o que sucedeu, com o Império Romano assim dilatado pelo Oriente e pelo Ocidente, nem por que género de pregadores foi propagado o culto dos deuses, e, estando o Evangelho prostrado e mudo, foi o mesmo culto diminuído e desbaratado.» Esta arte de fingir que não vai fazer uma exposição sobre um assunto para não maçar o leitor, quando de facto vai falando desse assunto, é uma forma de prender a atenção de quem lê e de o manter interessado na leitura a fim de, nas palavras de Vieira, «evitar o enfado do leitor». Por isso, «o benigno e prudente leitor», que é como quem diz, o leitor vulgar, dará por bem empregado o tempo que gastou na leitura de um texto único, que reflete sobre o sentido da vida humana e da História.

7. Considera a *Clavis Prophetarum* a chave para a compreensão cabal do pensamento e da vida de Vieira? Porquê?

Sim, de certo modo a *Clavis* representa o ponto culminante para que tendeu muito do pensamento de Vieira que foi sendo exposto nos *Sermões*, veladamente, e sobretudo na chamada obra profética: Carta *Esperanças de Portugal, História do Futuro, Apologia das Coisas Profetizadas, Representações*. Vieira de facto evoluiu, por força das circunstâncias, de um conceito de Quinto Império português, patriótico e bandarrista, para uma conceção de Reino de Cristo Consumado na Terra, muito apoiado nas profecias do Antigo Testamento, universalista, muito eclesiológico, inovador em algumas leituras da Cristologia católica e em alguns aspectos da difusão do cristianismo. Na *Clavis* não há Bandarra, nem D. João IV ressuscitará para chefiar o Quinto Império. Mas há o anúncio de um mundo novo futuro, cheio de paz e felicidade, no qual todos os povos e nações viverão sob a graça, a proteção e o governo de Cristo. A História tende desde o início para esse fim. Quando Deus chamou Abraão e nele fundou para si um povo, o escolhido, a humanidade ficou dividida em dois povos. A um deu a Lei, a Bíblia; ao outro os mitos, os poetas, os filósofos, os sábios: mas, ainda que com meios culturais diferentes, ambos deviam caminhar para Ele. A dispersão e o conflito da Humanidade desaparecerá um dia, quando o muro que separa os dois povos ruir e todos formarem como que um só rebanho sob a direção de um só pastor.

Entrevista à Senhora Professora Doutora Adma Muhana, Professora Doutora da Universidade de S. Paulo, editora dos *Autos do Processo de Vieira na Inquisição.*

1. Quais as proposições de Vieira que foram consideradas heréticas pelo Tribunal do Santo Ofício, motivando a sua condenação?

Em um primeiro momento, qualificadores de Roma destacaram 9 proposições censuráveis, presentes na Carta Esperança de Portugal, sobre as quais o padre Vieira deveria ser interrogado, relativas ao espírito profético do Bandarra, à ressurreição do rei D. João IV e ao estabelecimento de um Quinto Império na Terra, conjuntamente temporal e espiritual, distinto do estado presente do mundo, no qual todos os povos gentios e os judeus estariam convertidos ao cristianismo. Todavia, nenhuma dessas proposições era considerada 'herética', mas, no máximo, 'sapiente a heresia', isto é, que à primeira vista tinha sentido herético, ainda que, entendida de modo pio, pudesse ter sentido católico. Portanto, o Santo Ofício mandou chamar o padre Vieira, entre julho de 1663 e fevereiro de 1664, para ser examinado acerca de uma possível intenção herética da sua parte, em seis exames inquisitoriais. Além disso, chamam-no mais três vezes à Mesa inquisitorial, para responder acerca de afirmações que, segundo denúncias, teria pronunciado. Ao todo foram 30 exames. Com base nas respostas fornecidas e em escritos que redigiu para se defender acerca do que lhe fora questionado, os inquisidores coletaram mais 91 proposições censuráveis, às quais se agregaram, já em agosto de 1667, outras 4 afirmações, extraídas de sermões seus. Ao todo, portanto, foram citadas 104 proposições de Vieira, que conduziram à condenação de ser privado para sempre de 'voz ativa e passiva, e do poder de pregar', e não mais tratar das proposições sobre as quais foi arguido, nem de palavra nem por escrito, e permanecer recluso numa casa jesuíta sem direito de sair sem autorização do Santo Ofício.

2. Pensa que a Inquisição teve igualmente como suspeitoso de heresia o comportamento protetor de Vieira para com judeus e cristãos-novos?

É ambíguo falar de 'comportamento protetor', da parte de Vieira, para com judeus, cristãos-novos, ou índios. Para Vieira, a expansão da Igreja e a propagação da fé – princípios da Companhia de Jesus que defende tenazmente – dependem da ação política dos seus fiéis e da ampliação do número desses. Neste sentido é que difere sua atitude em relação a cada 'nação'. Relativamente aos judeus, constata a diferença de sua fé e supõe, conforme a doutrina, que só irão se converter ao cristianismo quando Deus assim o determinar, em um tempo futuro, justamente o do Quinto Império; até lá devem ser reconhecidos como o primeiro povo amado por Deus e caído em desgraça por seus erros. Com relação aos cristãos-novos, Vieira luta para que não sejam confundidos com judeus, nem com hereges, mas que sejam legitimamente integrados ao corpo da Igreja, pois julga que a maior parte deles, distantes a três ou mais gerações da conversão forçada, são católicos praticantes, embora tratados como infiéis e frequentemente perseguidos pela Inquisição. Finalmente, com relação aos índios – não se deve esquecer que Vieira é apanhado pela Inquisição depois de ser denunciado, expulso e aprisionado pelos colonos do Maranhão por se opor à escravização indiscriminada dos indígenas, em 1660 – Vieira defende-os para que não sejam exterminados em trabalhos servis, mas que se tornem súbditos da Coroa, aumentando o contingente de soldados do Império e da Fé em terras tão mal povoadas e distantes da metrópole. Tudo isso se concretiza em atitudes que o tornam suspeito de heresia (inclusive de protestantismo!), sendo a presunção de judaísmo a mais destacada nos exames inquisitoriais.

3. O Santo Ofício terá sido pressionado no sentido de acusar, prender e condenar Vieira? Por quem?

Em 1660 o Conselho Geral da Santa Inquisição, em Lisboa, mandou a Carta *Esperanças de Portugal* ser qualificada. Nesta ocasião, o parecer foi de que não se tomasse providências contra Vieira, visto não haver erro «nas esperanças de que sucederá a dita ressurreição [de D. João IV] milagrosamente feita por Deus nosso Senhor». Isso faz supor que fatores políticos concorreram para que, em 1663, se desse início ao processo inquisitorial. De concreto, após a morte de D. João IV, Vieira manteve-se estreitamente ligado à rainha viúva D. Luísa de Gusmão, regente até 1662, quando teve de ceder o trono a um demente, D. Afonso VI. Só então, perdido o valimento da rainha mãe e inimizado com o rei, é que Vieira foi molestado pelo Santo Ofício, com o qual tivera diversos atritos durante o reinado de D. João, sempre sob sua proteção. O período de governação de D. Afonso VI coincide com o processo inquisitorial, incluindo seu término e a sentença, relativamente branda, em 1667, quando já se anunciava a subida ao trono de D. Pedro II. Até mesmo essa sentença foi suspensa no ano seguinte, 1668, o que coincide com o início da regência de D. Pedro II e com o reconhecimento da soberania de Portugal por parte da Espanha. Sabendo-se que até este ano a Santa Sé não reconhecia a independência de Portugal, que a Cúria mantinha-se vinculada em grande parte à Espanha, e que Vieira era um dos grande defensores da soberania portuguesa, exaltando a figura do restaurador D. João IV, é possível que tudo isso tenha pressionado o Santo Ofício a instaurar e prolongar o processo contra Vieira, como modo de enfraquecê-lo e à política joanina, continuada pela rainha D. Luísa.

4. A *História do Futuro*, que Vieira redigiu entre 1663 e 1664, juntamente com outros escritos que apresentou à Inquisição para sua defesa, e a *História do Futuro, Livro Anteprimeiro*, publicada em 1718, são a mesma coisa?

Não constituem a mesma obra, embora façam parte do mesmo projeto. Antes do seu encarceramento, em 1665, durante a primeira fase dos interrogatórios, Vieira se deliberou a escrever uma Apologia, em que pudesse responder mais estendidamente às perguntas que lhe eram feitas pelos inquisidores. Em vários momentos dos exames ele se furta a responder a assuntos polêmicos, remetendo a resposta à Apologia, que ficou incompleta. Autógrafa, os inquisidores a arquivaram em seu processo inquisitorial, e extensos trechos dela foram editados por mim sob o título *Apologia das coisas profetizadas*. Todavia, no decorrer do processo, como afirma na Petição ao Conselho Geral e no Memorial, Vieira abandonou a Apologia e passou a se dedicar a uma planejada obra, à qual deu o nome de *História do Futuro*, a fim de não trair o segredo que o Tribunal exigia dos seus réus acerca dos processos inquisitoriais. Em 1918, Lúcio de Azevedo publicou partes da *História do Futuro*, também depositadas no processo, que correspondem aos 'livros' 1° e 2°, dos sete planejados por Vieira. Essas considerações, todavia, não se referem ao *Livro Anteprimeiro da História do Futuro*, o qual se constitui como um extenso prólogo à *História do Futuro*. Deste *Livro Anteprimeiro* não há autógrafo, tendo sido enviado por Vieira às escondidas dos censores para D. Pedro II, então Regente de Portugal; por vias desconhecidas, chegou a Madrid, onde foi editado em 1718. Nos anos de 1980 o *Livro Anteprimeiro* recebeu uma edição crítica por José van den Besselaar, em 2 volumes. Uma versão abreviada dessa edição foi publicada pela IN-CM e Biblioteca Nacional.

5. Pode estabelecer-se alguma aproximação entre a *Clavis Prophetarum* e os textos que o Padre António Vieira redigiu para a sua defesa perante o Tribunal do Santo Ofício?

Certamente que sim. Em abril de 1663 o Conselho Geral instruiu a Inquisição de Lisboa a tomar denúncia de Fr. Jorge de Carvalho, Qualificador do Santo Ofício, que detinha informações acerca da intenção de Vieira de publicar um livro sobre a interpretação dos profetas. Fr. Jorge denuncia que ouvira Vieira dizer que 'tinha composto na sua idéia um livro a que daria título de *Clavis prophetarum*'. Com base nessa denúncia, por ocasião do 2º exame inquisitorial, Vieira é interrogado acerca de livros que intentava publicar. Ele se refere a dois livros: um, em latim, que intitularia *Clavis prophetarum*, onde iria mostrar que na Igreja de Deus haveria um novo estado diferente dos anteriores, em que todas as nações do Mundo iriam crer em Cristo e abraçar a Fé Católica; e outro, em português, intitulado *Conselheiro Secreto*, onde forneceria argumentos para que qualquer judeu português se convertesse à fé de Cristo. É nesse exame que, considerando a vastidão da matéria, Vieira requer permissão para escrever uma defesa em que possa explicar suas afirmações. Em 1664 o Santo Ofício autoriza-o a redigir a tal defesa, cujo prazo para entrega é sucessivamente adiado devido às enfermidades de Vieira, até setembro de 1665, quando os inquisidores retêm todos os papéis que ele tinha escrito. Entre esses estão a *Apologia*, os capítulos da *História do Futuro* publicados e outros papéis avulsos. A *Apologia* mostra que a defesa de Vieira, a certa altura, extravasa para a projetada *Clavis Prophetarum*, a qual tem o título e a matéria modificados para *História do Futuro*, obra esta em língua portuguesa. Recluso entre 1665 e 1667, Vieira redige finalmente as duas representações da *Defesa perante o Tribunal do Santo Ofício*, única das suas defesas à Inquisição a ser concluída. Note-se que a *Clavis Prophetarum* hoje existente, redigida em latim, em Roma e na Baía, anos depois do processo, além de ter sido manipulada após a morte de Vieira, apresenta matéria muito diversa daquela que foi inicialmente referida.

6. Entre 1647 e 1648, Vieira dialogou com Menassés ben-Israel, rabino da comunidade judaica de Amsterdão. Pensa que o jesuíta integrou nas suas obras proféticas conceitos ou ideais da religião judaica? Quais?

Absolutamente não. A atribuição de filojudaísmo a Vieira deriva da sua esperança em um reino de paz no Mundo sob a égide de um soberano português católico, a qual alguns identificam ao messianismo judaico, o qual teria sido adotado por Vieira como resultado de seu contato com Menassés ben-Israel, rabino de origem portuguesa. Mas vejamos: Menassés desenvolve uma reflexão messiânica em *Esperança de Israel* (1650) e em *Piedra gloriosa o de la estatua de Nebuchadnesar* (1655). Sobretudo em *Piedra gloriosa*, propõe uma interpretação da profecia de Daniel de caráter milenarista, mas segundo a qual a religião necessária e suficiente para que todos os homens se salvem se reduz a alguns princípios morais, baseados numa lei comum e geral da natureza: «vivir con equidad y justicia, no hazer agravio a alguno, no usurpar lo ageno, no quitar la honra, usar de charidad con el proximo, vivir sobriamente con templança». Estes são princípios que qualquer homem discreto do seu tempo poderia assinar, independentemente da religião professada. Também, Menassés publica o livro *Conciliador* (1632-1651), no qual interpreta pelo método alegórico passagens bíblicas dificultosas, adotando autores gregos, latinos e católicos, e pondo em evidência os fundamentos comuns ao judaísmo e ao cristianismo. E não só Menassés e Vieira interpretam a profecia de Daniel como representando o advento de uma quinta monarquia depois dos quatro impérios da História: Milton, Newton, Serrarius, D. João de Castro, entre outros, também o fazem, o que demonstra que em meados do século XVII a esperança milenarista estava difundida por diversos setores cultos na Europa. Vieira, em suma, é um dos participantes deste debate e alardeia com orgulho a abrangência do seu catolicismo militante.

Entrevista à Senhora Professora Doutora Maria Cristina Pimentel, Professora Doutora da Faculdade de Letras de Lisboa, membro da equipa responsável pela edição crítica dos *Sermões* do Padre António Vieira, da Imprensa Nacional – Casa da Moeda.

1. Qual a justificação para esta edição dos *Sermões* do Padre António Vieira?

Até ao momento, nunca foi feita uma edição que desse conta da génese do texto dos *Sermões*, e da forma como foi transmitido à posteridade. Mesmo a edição *princeps*, nas suas várias impressões, revestiu-se de variantes que deram origem, nas edições modernas, a leituras com interpretações divergentes e que não correspondem de modo algum ao pensamento de Vieira. Isto quanto à substância do conteúdo; mas, além disso, procura-se com esta edição restabelecer alguns aspetos que foram sujeitos a uma normalização ou atualização do ritmo do texto, ao apagamento do significado quase sempre muito evidente que Vieira imprime ao uso das maiúsculas. O texto de Vieira é um texto que, apesar de passado a escrito, pretende conservar muito do débito oratório, marcando pausas expressivas com sinais de pontuação que, sendo contrários às atuais regras lógicas e gramaticais da pontuação, foram eliminados pelas edições modernas, alterando assim o ritmo com que o texto deve ser lido e entendido. Esta é uma parte importante. Assim, e voltando ao primeiro aspeto, quando o editor moderno não consegue entender uma determinada palavra cujo significado já não alcança, por ter caído em desuso, ou porque tem um significado menos evidente, por exemplo de âmbito teológico ou filosófico, frequentemente banaliza o texto, substituindo-a por um conceito mais vulgar. Em termos mais comezinhos, na maior parte dos casos o texto utilizado para as recentes edições não foi constituído a partir do exemplar revisto por Vieira e nem sequer foram tidas em contas as

Erratas publicadas não só no próprio volume a que dizem respeito, mas também em volumes posteriores. É essencialmente por essas razões que se impõe uma edição crítica dos *Sermões* do Padre António Vieira.

2. Em traços largos, que critérios foram nela seguidos?

Grande parte dos critérios adotados foi definida pelo Doutor Aníbal Pinto de Castro, de saudosa memória, quando se deu início ao projeto da edição, ainda não propriamente edição crítica. Adotou-se como princípio o respeito escrupuloso do texto, recuperando não só a pontuação e o ritmo, mas até algumas formas vocabulares na sua grafia mais arcaica. Para ser clara, decidiu-se não apagar alguns testemunhos de evolução que se notavam na língua portuguesa das últimas décadas do século XVII. Um caso interessante é, por exemplo, que Vieira não diz 'subtil' mas 'sutil' e acompanha graficamente a evolução da pronúncia de *ũa* para *uma*, de *algũa* a para *alguma*, utilizando ora uma grafia, ora outra. Mas, ao mesmo tempo, não se pretendeu fazer uma edição arcaizante que mantivesse a grafia da língua portuguesa no século de Vieira. Pretendeu-se, sim, respeitar todas as grafias que fossem indício de uma pronúncia diferente da que é seguida actualmente para as mesmas palavras. Se Vieira escreve *minino* e *piqueno*, respeitou-se a grafia porque representa uma forma de pronunciar essas palavras no seu tempo, pronúncia que aliás se manteve no português falado no Brasil. Assim sendo, um dos critérios seguidos foi actualizar a grafia do texto sem o desvincular da forma como era pronunciado. Dos critérios herdados há, porém, um, que poderá ser discutível, que é a utilização das maiúsculas nos pronomes que se referem a Deus, Cristo e sua Mãe. Vieira não as utiliza, excepto num ou outro raríssimo caso, que mais parece distracção do que princípio.

3. Classificaria o trabalho que tem desenvolvido para esta edição como moroso? Porquê?

Moroso? Uma edição moderna do Padre Vieira não consiste apenas em actualizar grafias. Tornar o texto acessível aos nossos tempos passa por uma série de investigações complexas que explicitem passos historicamente datados, com referência a acontecimentos muito presentes no momento em que o sermão foi pregado ou passado a escrito, mas que, para o leitor de hoje, são absolutamente opacos ou obscuros. Além disso, o contexto cultural em que se moviam os destinatários dos *Sermões*, a que estava subjacente uma catequese cristã muito difundida e com alguma profundidade no que diz respeito ao conhecimento da liturgia e dos principais mistérios que enformam o pensamento cristão, até mesmo de alguma teologia, não é de modo algum acessível ao comum dos leitores de hoje. Além disso, Vieira tinha uma sólida formação clássica que lhe permitia mover-se à vontade nos *exempla* que ia buscar ao mundo antigo e no que poderia tirar de bom e sugestivo na leitura de autores como Séneca, Vergílio, Ovídio, Cícero, Tito Lívio e até mesmo Marcial, entre tantos outros. Há certos passos dos sermões de Vieira que são ecos de autores clássicos e cuja leitura se enriquece se for explicitada em nota a fonte de que dimana. Caso contrário, serão considerados passos obscuros ou reduzidos a uma interpretação superficial. Mas Vieira conhece também toda uma literatura patrística ampliada pelos comentadores medievais, ou a exegese bíblica largamente desenvolvida e diversificada a partir dos grandes hermeneutas dos séculos XVI e XVII. Identificar estas fontes e atribuir-lhes a verdadeira dimensão que encontraram no texto de Vieira é dar ao leitor moderno a possibilidade de mergulhar nesse mundo maravilhoso que é a reflexão teológica, catequética, bíblica, filosófica, teológica e até política do Padre António Vieira. Abrir o texto, eis o essencial. E consegui-lo pressupõe muita pesquisa e explicitação de elementos que se relacionam entre si.

4. Há um elevado número de colaboradores, de formações diversas, a trabalhar nesta edição dos *Sermões*. O que justifica a extensão e a diversidade desta equipa?

O que acabei de dizer pressupõe que se possa contar com especialistas nas várias áreas do conhecimento que Vieira dominava. A grande maioria das notas (comentários ao texto, identificação de fontes, etc.) é elaborada pela equipa responsável pela edição. Para isso, ao mesmo tempo que se faz a leitura, releitura e fixação do texto, vão sendo postos em evidência e discutidos os aspetos que necessitam de esclarecimento ou merecem comentário específico, como é o caso de alguns passos de grande relevo estilístico, ou de particular interesse teológico e espiritual. Pontualmente, no entanto, recorre-se à preciosa colaboração de um grupo alargado de especialistas em áreas específicas do saber.

5. A que público se dirige esta edição?

Esta edição pretende ser a edição nacional de referência de um autor que é em si mesmo uma das maiores referências da língua portuguesa de todos os tempos. Por isso mesmo, esta edição pretendeu ser o mais abrangente possível, proporcionando, por um lado, um texto fiável e legível, e, por outro lado, convidando o leitor, de acordo com a sua preparação e nível etário, a usufruir de notas explicativas que vão da simples indicação de datas e localização de acontecimentos no tempo e no espaço, até às mais complexas questões bíblicas, teológicas e filosóficas. Para garantir que nenhum público fica afastado desta edição, são fornecidas as traduções dos passos que o Padre Vieira cita em latim e não traduz; mas sobretudo, no fim de cada volume é posto à disposição do leitor um glossário que garante que o texto em si, sem mais aprofundamentos nem erudição, pode ser lido e compreendido por um simples aluno do ensino secundário ou por um leitor de cultura média. Em suma, pretendeu-se abranger, com a mesma edição, o público mais vasto possível, sem as exclusões resultantes da dificuldade do texto ou do afastamento linguístico, cultural e temporal que ele pode aparentar.

6. Pessoalmente, o que mais a fascina ou interessa nos *Sermões* do Padre António Vieira?

Tudo. A língua, a capacidade de dizer o indizível de uma forma tão empolgante. O brilho da inteligência com que o faz. O esplendor da retórica disfarçada por uma certa simplicidade de estilo e de linguagem, tantas vezes colorida com pinceladas de caráter barroco. Acima de tudo, Vieira é um génio arrebatador. É de uma atualidade fascinante: as reflexões sobre o amor em qualquer dos Sermões do Mandato são intemporais; a acuidade com que analisa o tecido político do Portugal de Seiscentos e a maneira de ser português atravessa os tempos e tem, nos dias de hoje, toda a aplicação e frescura. Além do mais, Vieira era um homem de uma grande fé e de uma grande bondade. Com ele aprende-se a ver, a refletir, a sentir, a amar, a rezar, a olhar o outro, a mergulhar no sentido mais profundo da vida e da história: no tempo.

Entrevista ao Senhor Professor Doutor Silvano Peloso, lusitanista e brasilianista, Professor Catedrático da Universidade de Roma La Sapienza, titular da Cátedra António Vieira do Instituto Camões na mesma Universidade

1. Professor, porque se interessou especialmente pela obra do Padre António Vieira?

É realmente difícil explicar o fascínio desta figura que nos deixou uma obra imensa, ainda hoje não inteiramente estudada e sobretudo muitas vezes colocada, por motivos prevalentemente ideológicos, fora do seu tempo e do contexto de um século XVII cujas grandes personagens (de Galileu a Descartes, de Leibniz a Pascal, de Spinoza a Newton) construíram fatigosamente um próprio espaço em situações sociais e políticas, como já foi escrito, sempre difíceis, muitas vezes dramáticas, de vez em quando trágicas. A esta ideal República do Saber pertence também o grande humanismo de Vieira, a sua visão da história, a sua busca de novas e mais livres relações entre religião, filosofia e ciência, o seu esforço por defender aquela esperança que representa uma vitória sobre o tempo e a finitude humana. Acrescente-se que o seu pensamento se exprime, também, no âmbito daquela 'retórica divina' que se eleva a vértices nunca mais alcançados, se é verdade que o maior poeta português do século XX, aquele Fernando Pessoa, de sentimentos religiosos bem diferentes, chorava lendo os sermões do Imperador da língua portuguesa. Tendo presente, porém, que a inesgotável potencialidade da palavra está, desta vez, a serviço de um 'otimismo da vontade', por sua vez instrumento de Deus para completar um desenho providencial que, para além de todos os obstáculos presentes, deve ser firmemente realizado na história. Entre o labirinto das palavras e a ordem da biblioteca, será assim possível dedicar-se com coragem a forjar as armas de um novo saber em grau de reconhecer, naquele conjunto de testemunhos de árdua decifração que se identifica com as profecias bíblicas, um desenho, um projeto simultaneamente teórico e normativo, que, se é indubitavelmente de origem divina, indica porém uma direcionalidade que deve ser toda e inteiramente explorada na história. Basta só isso para fazer de Vieira um dos protagonistas do seu tempo, e para revelar a exigência, cada vez mais urgente, de trabalhar com a sua obra para torná-la finalmente disponível na sua inteireza.

2. Considera Roma um local privilegiado para quem pretende estudar e investigar a obra de Vieira? Porquê?

Sem dúvida Roma, centro da Cristandade e sede do papado, com um património bibliotecário único no mundo no que respeita a história da Igreja e não só, representa uma etapa fundamental, mesmo se não exclusiva, em relação a Vieira, que na cidade eterna foi personagem apreciado e aclamado na corte do papa Clemente X e da rainha Cristina da Suécia. Da mesma maneira na Biblioteca Apostólica Vaticana, no A.R.S.I. (Arquivum Romanum Societatis Iesu), no A.P.U.G (Arquivo da Pontifícia Universidade Gregoriana) e em muitas outras bibliotecas como a Vallicelliana, já documentada em 1581 pelo legado do português Aquiles Estaço, humanista e filósofo, em favor de S. Filippo Neri (1700 volumes impressos e 300 manuscritos), ou na Casanatense, assim denominada porque teve como primeiro núcleo o legado do Cardeal Girolamo Casanate (1620-1700), contemporâneo de Vieira, podemos encontrar material da maior importância em relação à obra completa do grande jesuíta, que há séculos espera uma sistemação definitiva.

3. O Professor fez escola nos seus estudos sobre Vieira. Que projetos desenvolveu ou ainda está a desenvolver com a equipa que formou?

Partindo da constatação de que a obra de Vieira é um grande arquipélago ainda hoje muito pouco explorado, com vários obstáculos devidos a preconceitos ideológicos, e muitas vezes à falta de um método filológico que não se resuma só na ecdótica (sempre fundamental), mas pelo contrário amplie o panorama a uma necessária contextualização, que no caso de Vieira, mas não só, seja ao mesmo tempo histórica, literária, filosófica, religiosa etc., comecei o meu trabalho na Universidade de Roma La Sapienza no fim da década de Oitenta, com as obras proféticas e, em particular, com o problema do chamado Quinto Império português pelo qual, por muito tempo e, em alguns casos até os nossos dias, considerou-se Vieira como um utopista e um sonhador, com uma extraordinária capacidade retórica a serviço porém de projetos fora da realidade, quando, ao contrário ele foi um formidável intérprete do seu tempo com intuições profundas que o transcendem, projetando-se no Futuro.

É o que pude verificar analisando o Quinto Império, em relação a perspetivas, além de teológicas e filosóficas, históricas e jurídicas, ligadas estas últimas ao direito internacional da época, do qual participaram, além de Vieira, num autêntico debate europeu, protagonistas e pensadores, para citar só os maiores, do calibre de Tommaso Campanella, Jean Bodin, Hugo Grócio, Oliver Cromwell, Spinoza, Henry More, Isaac Newton, sem esquecer naturalmente os principais expoentes da Reforma e da Contra-Reforma. Partindo desta perspetiva metodológica e com este horizonte de pesquisa, alargada à colaboração de alunos e colegas, Sonia Netto Salomão publicou em 1998 os inéditos Sermões italianos e em 2001 o Vieira das Lágrimas de Heraclito.

Paralelamente, a partir dos congressos dos centenários vierianos (1997 e 2008) se desenvolvia a complexa problemática ligada à *Clavis Prophetarum* de Vieira, que aqui é absolutamente impossível resumir em poucas linhas. O meu trabalho, que realizei durante mais de dez anos, foi o de tentar restituir o texto, mesmo se incompleto como o deixou Vieira, segundo o primeiro projeto do grande pregador e teólogo, que compreendia quatro livros. Em dezembro de 2009 saiu, assim, *La Clavis Prophetarum di António Vieira. Storia, documentazione e ricostruzione del testo sulla base del ms. 706 della Biblioteca Casanatense di Roma*, um volume de mais de quinhentas páginas, que eu considero contemporaneamente um ponto de chegada e um novo ponto de partida.

4. Na sua opinião, e como já deixou escrito, a obra de Vieira deve ser trabalhada numa perspetiva internacional. O que significa isto?

Aquela afirmação era uma consequência de algumas considerações sobre a biografia mesma do grande pregador, que se apresenta como um perfeito paradigma dos estímulos e dos fermentos do seu tempo: Vieira passará cinquenta anos da sua longuíssima vida no Brasil, quase quarenta junto à corte portuguesa, sendo contemporaneamente protagonista de uma intensa atividade diplomática nas principais metrópoles europeias (além de Lisboa, Paris, Haia, Amsterdão e, sobretudo, como já vimos, Roma). Com ele, portanto, a experiência e a grande tradição dos Descobrimentos portugueses se afirma como vocação para mundos longínquos, dando vida a uma moderna visão universalista que não renuncia às matrizes clássicas, mas nelas insere a experiência de novos povos e novas tradições, com isso também abrindo a soluções inéditas e lançando um olhar diferente sobre a Europa toda. É neste sentido que a perspetiva internacional e a cooperação internacional nos estudos vieirianos são os únicos métodos que podem melhor adaptar-se à universalidade de Vieira, como acontece com os grandes de todos os tempos.

5. O professor expôs uma tese original sobre as obras proféticas de Vieira na sua obra *António Vieira e o Império Universal. A* Clavis Prophetarum *e os documentos inquisitoriais* (2007). Brevemente, de que se trata?

O livro saiu em 2005 na Itália e foi traduzido no Brasil em 2007, ganhando amplo consenso de crítica e de público. Apesar de não ser um livro fácil, representa mais de vinte anos de estudos e pesquisas sobre a obra de Vieira e os textos proféticos em particular, que, na realidade, configuram diversas etapas de um único grande projeto ao qual o grande jesuíta se dedicou por cinquenta anos da sua longa vida: a *Clavis*

Prophetarum ou *De regno Christi in terris consummato*, obra por muito tempo considerada como perdida, mas que, muito pelo contrário, representa uma ulterior e fundamental etapa num percurso de conhecimento crítico completo da vida e da obra de Vieira, que está ainda longe de ser completado. A publicação da *Clavis* 'romana' da qual já falei, segundo o primitivo projeto em quatro livros, abre uma perspetiva nova e ao mesmo tempo antiga em relação a toda a sua obra: a do Vieira teólogo e grande intérprete das profecias bíblicas, sobre o qual espero que a Igreja possa dizer uma palavra definitiva, quando for completada a tarefa de tirar o pó do tempo e das ideologias preconcebidas das páginas do 'Imperador da língua portuguesa'.

Entrevista à Senhora Professora Doutora Isabel Almeida, docente de Literatura Portuguesa Clássica na Faculdade de Letras da Universidade de Lisboa

1. A Isabel Almeida ensina um autor canónico. Tenta aligeirar ou julga que é importante vincar o peso deste autor?

Um autor como Vieira acaba sempre por nos dar lições. Ensina-nos, por exemplo, a resolver o dilema que esta pergunta insinua, porque nos leva a desmontar preconceitos e a fazer descobertas: aquilo que julgaríamos negativo – um fardo, uma imponência inibidora – pode afinal revelar-se positivo e estimulante. É que o *peso* de Vieira vem da sua singularíssima *leveza* (no sentido que Italo Calvino dá a esta palavra, nas *Seis propostas para o próximo milénio*): uma leveza que se manifesta em agilidade intelectual, finura e eficácia discursiva, poder de imaginação, rasgo criativo, desejo de agir.

2. Quando ensina Vieira, sobre que aspetos da sua vida e obra insiste?

Na obra de um breve heterónimo de Fernando Pessoa – o Barão de Teive –, lê-se: "Nascemos sem saber falar e morremos sem ter sabido dizer. Passa-se nossa vida entre o silêncio de quem está calado e o silêncio de quem não foi entendido, e em torno disto, como uma abelha em torno de onde não há flores, paira incógnito um inútil destino." Este passo surge num texto intitulado "No Jardim de Epitecto", onde ecoa o convite – mais estoico ou mais epicurista – a uma quietude que exige radical desistência: "Sossegai comigo e meditai quanto o esforço é inútil, a vontade estranha, e a própria meditação, que fazemos, nem mais útil que o esforço nem mais nossa que a vontade."([101])

Vieira – creio – é o oposto de qualquer exemplo de entrega à inércia, o oposto de qualquer exemplo de descrença na possibilidade de *saber dizer*. Tento chamar a atenção para essa imensa e fértil energia, por várias que sejam as linhas de estudo, por diferentes que sejam as relações consideradas entre vida e obra.

3. Qual o maior desafio de um professor que ensina Vieira a alunos universitários?

Mais do que um desafio, é uma responsabilidade: agarrar a ocasião, abrir horizontes, proporcionar o espanto, fomentar a consciência sobre a busca de conhecimento. Importa perceber quão complexas (múltiplas, flutuantes, irregulares, contraditórias, inesperadas...) são as relações entre o geral e o particular, entre o todo e suas partes. Vieira, como ensinou Margarida Vieira Mendes, anima o gosto de compreender.

([101]) Barão de Teive, *A Educação do Estoico*. Edição de Richard Zenith, 2ª ed., Lisboa, Assírio & Alvim, 2001, pp. 75-76.

4. O que torna mais difícil, para os alunos de hoje, a compreensão da obra de Vieira?

Poderia lembrar a dificuldade de entender algum vocabulário ou algumas construções sintáticas; poderia lembrar a dificuldade de abarcar o fôlego das longas e elaboradas frases de Vieira; poderia lembrar a distância cronológica e a falta de referências históricas que iluminem o jogo discursivo. Todos estes são obstáculos – e obstáculos de monta – no caminho. O problema principal, porém, é a falta de tempo. Precisamos de tempo para "poisar os olhos sobre as coisas", como disse Sophia num conto chamado "A Viagem": só olhando começamos a ver.

5. O olhar dos alunos sobre Vieira tem-se alterado, ao longo dos anos? Porquê e em que sentido?

Quando os alunos *olham* (condição basilar), interrogam, discutem, saboreiam, respeitam, admiram. O fascínio de Vieira parece resistir ao tempo.

4.

DISCURSO CRÍTICO

O discurso lexicológico([102])

«No discurso engenhoso de Vieira, em vez de se operar uma separação das conexões possíveis [das palavras], abrindo-se a certos circuitos e fechando-se a outros (o que torna a palavra, em certa medida, uma prova da validade lógica da associação das ideias), as palavras não opõem resistência a qualquer tipo de encadeamento. [...]

É o percurso infinitamente ágil do sonho.

Mas atenção, é um sonho que prossegue pelo interior das palavras e pela comunicação de palavra a palavra. Porque não é negligenciando a palavra, violentando-a, desprezando-a, que o autor a faz dizer tudo o que pretende, mas, pelo contrário, conhecendo-a perfeitamente, manejando delicadamente todos os seus mecanismos, despertando todo o seu corpo, libertando toda a sua energia. Vieira dá sempre a impressão não de arrastar a palavra, mas de a seguir. Como gramático, etimólogo, acredita – ou quer fazer-no-lo acreditar – que a ciência das palavras é a ciência das coisas. Nas suas exposições, segue os caminhos estreitos e austeros das «derivações» e das regras gramaticais.

O conjunto de processos que procurei identificar e exemplificar caracterizam um género de discurso para o qual, tendo

---

([102]) António José Saraiva, *O Discurso Engenhoso, Ensaios sobre Vieira*, Lisboa, Gradiva, 1996, pp. 32-37 e 87-88.

em consideração o papel que nele desempenham as palavras, proponho a designação de «discurso lexicológico».

No discurso lexicológico, as palavras não representam o papel de signos linguísticos com um significado e um significante indissociáveis.

Por um lado, parecem comandar o discurso. É através da análise da sua configuração fónica e gráfica, da procura das suas etimologias, da sua anatomia, da consideração das semelhanças e oposições corporais, e também acompanhando as suas derivações, variações e flexões, que o autor define e desenvolve o seu pensamento.

Por outro lado, a personalidade das palavras desvanece-se. O autor separa nelas o significante do significado e aproxima estes fragmentos de outras palavras ou de outros fragmentos de palavra. Chega a parcelar o corpo da palavra em partes que se tornam, cada uma delas, uma palavra independente. Os elementos desmembrados do signo são combinados de acordo com uma regra que parece arbitrária.

Vê-se claramente o que haveria de falso numa teoria que atribuísse ao discurso lexicológico uma confusão entre as palavras e as coisas. Seria encarar apenas um aspeto do problema. Na verdade, para o autor engenhoso, as palavras são apenas coisas no sentido em que as coisas são manejáveis, divisíveis, utilizáveis.

Acompanhando-as e fragmentando-as, o autor engenhoso consegue libertar-se do constrangimento da lógica e do bom senso cartesiano. Enquanto este último se apoia em signos – a clareza é apenas uma correspondência bem estabelecida entre um significado e um significante –, o espírito engenhoso, pelo contrário, precisa de libertar-se dos signos. [...]

Aparentando rigor e disciplina «lógica», o desenvolvimento do discurso pelo encadeamento das proporções presta-se aos mais audaciosos rasgos da imaginação. Pela potencialidade da palavra, tudo pode ser posto em proporção com tudo, tudo pode metamorfosear-se em tudo. É por esta razão que, assim como a atenção dada às palavras é uma maneira de as tornar infinitamente dóceis, também o modelo geométrico que se impõe ao encadeamento do discurso é um processo de o libertar de qualquer ordem lógica.

Se não é um raciocínio, qual é, pois, o princípio a que o discurso obedece?

O encadeamento musical vem-nos naturalmente ao espírito, com as suas estruturas que se repetem, se opõem e se transformam de tal forma que nos apercebemos da sua identidade e da sua mudança. Vieira, no entanto, que não só conhecia muito bem o uso da palavra, mas também tinha uma consciência muito clara do seu ser, propõe-nos um outro modelo para o discurso proporcional. Ridicularizando o estilo dos pregadores do seu tempo, caracterizou-o da seguinte forma:

> Não fez Deus o céu em xadrez de estrelas, como os pregadores fazem o sermão em xadrez de palavras. Se de uma parte está branco, da outra há de estar negro; se de uma parte está dia, da outra há de estar noite; se de uma parte dizem luz, da outra hão de dizer sombra. Basta que não havemos de ver duas palavras em paz! Todas hão de estar sempre em fronteira com seu contrário?

No entanto, essa composição «em xadrez» não é só a dos maus pregadores, que censura, mas também a sua. Talvez os outros fossem inábeis e não soubessem usá-la convenientemente e, em vez de dominarem o processo, dele fossem escravos. De qualquer forma, o que nos interessa é que Vieira viu muito bem de que se tratava. Uma composição «em xadrez» é uma composição geométrica, e isto leva-nos a notar que a geometria não é apenas um método de raciocínio, mas também uma maneira de repetir, de inverter, de encadear figuras segundo um princípio puramente estético, como o é o da composição musical. Nela, como nos sermões de Vieira, combinam-se rigor e arbitrariedade.»

A tematização pessoal e a tematização biográfica([103])

«É sobretudo nos sermões consagrados aos santos, onde obrigatoriamente havia que tratar da sua vida e milagres, que podemos encontrar o *ecce homo* do pregador, apresentado por meio desses heróis duplos e, juntamente com eles, idealizado. [...] O motor do discurso deixa de ser a vida do santo – tema interno, ficcional, textual – para passar a ser conjuntamente o da vida ou pessoa de Vieira – tema externo ou *consilium*. Neste sentido falamos em textualização, implicação ou tematização pessoal: a vida do orador passa a ser texto, nele e com ele ressoa e se cristaliza, e ainda hoje a 'lemos' quando lemos esse texto. [...] O pregador nos seus sermões vai colocando simbolicamente a sua *dramatis persona*, ao longo daquilo que ele próprio designa 'a comédia' da sua vida. Serão os seguintes esses atos de uma vida discursiva:

1º ato: o pregador profeta oficial, representando uma nação, protegido pelo poder e dialogando com esse poder ao longo das restaurações brasileira e portuguesa (até 1648);

2º ato: o pregador profeta e perseguido, cheio de inimigos, prestes a perder o valimento, e que comete a sua defesa pessoal (até 1652);

3º ato: o pregador missionário, que não esquece os períodos anteriores, mas que se dedica a uma elevada causa, guiado pela mão de Deus (até 1662);

4º ato: o pregador definitivamente retirado ou desterrado, com momentos de triunfo e outros de perseguição, com surtos de sermões enfaticamente laudatórios da família real, e outros desenganadamente queixosos (até 1697). [...]

Logo nos primeiros sermões, pronunciados no Brasil a partir de 1633, Vieira apresentou ao seu auditório e ao mundo

([103]) Margarida Vieira Mendes, *A Oratória Barroca de Vieira*, Lisboa, Caminho, 1989, pp. 253-282.

a *imago* de pregador eloquente, esforçado e zeloso. Essa *imago* foi ganhando consistência à medida que os discursos do jesuíta se articulavam de modo cada vez mais incisivo com os grandes problemas vividos pela coletividade, quer da Baía quer de Lisboa (o primeiro sermão pregado na capital foi o Sermão dos Bons anos, 1642). O Pregador qualifica-se então, e mais do que nunca, no seu papel de representante dos interesses nacionais, de guia e conselheiro político dos governantes, de cortesão e valido do monarca, de profeta e mediador entre Deus e a história terrena dos homens. [...]

[No Sermão pelo Bom Sucesso das Armas de Portugal contra as de Holanda, de 1640] Vieira apresenta-se como o que fala com Deus em presença de ouvintes, espetadores-testemunhas, como faziam os antigos mestres da verdade de Israel. Do decalque ou paráfrase das frases bíblicas emprestadas e da sua justa aplicação ao contexto enunciativo (histórico) resulta a confirmação, por via discursiva e literária, da identidade do pregador. Não se tematiza ele em objeto de uma fala, mas em seu sujeito enunciador [...]. O padre Vieira é Moisés, David ou Job, não para neles se retratar, mas para poder falar como eles, do mesmo lugar enunciativo. [...]

A apropriação de textos, com os seus figurantes, e a assimilação ao contexto da situação real e histórica, tão corrente em discursos políticos e religiosos do século XVII, não significa uma profanização do texto sagrado, mas antes uma sacralização do texto da história, do mundo e do papel nele desempenhado pelo pregador apostólico. [...]

Já na corte de D. João IV, a partir de 1642, Vieira vai confirmar nas suas pregações a imagem do orador, sagrado e cívico, interessado e intervindo na *res publica* e em ligação muito estreita com o poder régio. No papel discursivo que os sermões de então deixam entrever, acentua-se cada vez mais a componente cortesã e profética, a assunção dos desempenhos bíblicos dos grandes aliados dos reis, que eram, no Antigo Testamento, os profetas, desempenhos esses acomodados aos tempos modernos pelo 'Pregador de Sua Majestade'. [...]

A partir dos desaires que vitimaram o Padre Vieira na corte portuguesa entre 1648 e 1652 [...], passa a ser frequente um certo tipo de comportamento discursivo: a *tematização biográfica*. Certos passos da vida dos santos, preferencialmente pregadores, ficcionalizam o orador, dando consistência e traço ao seu perfil e colocando-o num lugar elevado e sublime no eixo das grandezas e dos valores. As vidas dos santos são programas narrativos de uso, sendo o programa de base os passos publicitados da vida de Vieira, juntamente com os assuntos em que se envolveu. [...] A vida do orador funciona como uma espécie de texto primitivo que Vieira vai 'atando' ao texto da vida do santo e de certas personagens bíblicas das quais tinha forçosa ou canonicamente que falar. [...] No Sermão de S. Roque de 1652, anuncia Vieira a sua retirada da corte de D. João IV, por causa da interferência hostil dos ministros do rei [...]. Neste sermão Vieira excede a história de S. Roque, referindo-se a circunstâncias que não diziam respeito ao santo mas tão-só ao seu caso pessoal [...]. A S. Roque segue-se a evocação de Sá de Miranda [...]. Esta é a linhagem que Vieira, perseguido, escolhe para fundar o seu gesto biográfico de abandono da corte, o qual pretende solene e bem publicitado. [...] Além de S. Roque, outras personagens são encarecidas, da estirpe dos que abandonaram voluntariamente o poder e os soberanos: Moisés (Faraó), David (Saul), Barcelai (David), Santo António Magno (Constantino) e ainda José e Jacob. [...]

No período que vai de 1653 a 1662, toda a energia oratória de Vieira provém e se orienta para a figuração do pregador apostólico: além de orador é ele evangelizador do Novo Mundo, ao serviço da coroa portuguesa. [...] Vieira escolhe preferencialmente santos ou figuras bíblicas que tenham sido pregadores [S. Paulo, Jonas, Santo António], dada a vontade de engrandecer a profissão, de fixar as suas origens e de mostrar os seus heróis. [...]

No Sermão de Santo António aos Peixes, de 1654 [...], Vieira vai interpretar o papel de uma [...] personagem, neste caso um pregador santo e modelar, numa ação prodigiosa da sua vida: a pregação aos peixes, em Rimini. Não são certas falas dessa personagem que Vieira aproveita, mas é o que rodeia ou rodeou uma dessas falas: a mudança de destinatário – dos homens para os peixes. O auditório maranhense são os peixes (alegoricamente) e o pregador é o santo (alegoricamente também). Vieira, verdadeiro ator no palco, representa a figura de Santo António em *ação*, pregando. Proporciona esta atitude teatral aproximações e trocas de identidade entre os dois Antónios.

A aproximação mais forte deriva da frequente nomeação do santo apenas por 'António', nome que, por extensão, vai agregando predicados não só à pessoa do santo mas também à de Vieira. [...]

O derradeiro [ato] abrange o período da condenação e posterior reabilitação do pregador pelo Santo Ofício, a partir de 1668. J. L. de Azevedo subdividiu-o em três partes da vida do autor: a de Coimbra, a de Roma e a do Brasil, que intitulou, e bem, 'O vidente', 'O revoltado' e 'O vencido' respectivamente. Penso, no entanto, que do ponto de vista da produção oratória as três *personae* coexistem, projetando na obra a figura do desterrado. Ainda assim, deparamos com surtos textuais onde prevalece uma outra atitude autoral: Vieira posiciona-se então como pregador oficioso da corte, oferecendo aparatosos e encarecedores serviços discursivos públicos à família real (sermões de 1668-1670, em Lisboa e em Roma, e posteriormente, sermões gratulatórios e genetlíacos esparsos). Outra importante faceta que tomam alguns sermões deste derradeiro 'ato' é a exaltação da pregação missionária à escala mundial. Assim acontece, sublimemente, na série de sermões sobre S. Francisco Xavier.»

O maior jesuíta([104])

«Xavier, heterónimo de Vieira. Aproximação a um *alter ego*, o verdadeiro amigo [...]. Amigo, porém, que a verdade do Orador não consente nunca igualar; distanciamento proporcionado, diante de um Herói, o verdadeiro Herói de Vieira, supremamente admirado, "o maior jesuíta"([105]). Os pés de Xavier e os pés de Vieira, um pé no mar outro na terra, como o Anjo do Apocalipse que serve de motivo aos 9 Sermões, que constituem a Novena de Xavier Acordado; a voz que em ambos ecoa, na santidade de um, na pena do outro, nos dois sempre sonhando. Vieira escreve para um auditório fictício, estes 15 Sermões nunca pregados. Xavier encontra-se, como Santo canonizado, diante do mundo todo, basta a sua presença para converter, o seu braço para curar, o seu gesto para derrubar demónios e levantar igrejas. [...]

A palavra 'heterónimo', neste contexto, traduz uma fraterna emulação. Estimulado pelo pedido da Rainha [D. Maria Sofia], Vieira escreve os Sermões, para exprimir, sobretudo, uma espécie de testamento autobiográfico endereçado à Corte de Portugal e, nela, ao Mundo: 'De todo este discurso tão sincero como o ânimo com que se escreve, devem colher todos os Príncipes cristãos, quanto lhes importa a devoção, e patrocínio de um Santo, que não só está no Céu como os demais, mas anda entre nós peregrino em todas as partes dele'.

Vieira, falando de outro, fala de si, porque, falando de outro, fala do que ambiciona ser numa escala quase infinita de entusiasmo, diante do seu Herói, e de sincero exame de cons-

([104]) Mário Garcia S. J., «Xavier heterónimo de Vieira», *Brotéria*, vol. 145, Out. Nov. 1997, pp. 437-457.

([105]) No «Sermão Gratulatório a S. Francisco Xavier, pelo nascimento do quarto filho varão, que a devoção da Rainha nossa Senhora confessa dever a seu celestial patrocínio». *Sermoens*, Undécima parte, Lisboa, na Oficina de Miguel Deslandes, 1696, p. 521.

ciência diante de si mesmo. Por isso, Xavier é o seu verdadeiro heterónimo. Distinguem-se, mas não podem separar-se. Herdeiros da mesma tradição, Vieira projeta em Xavier vivências pessoais idealizadas; afasta-se dele, para melhor o admirar, em súplica intercessora, em comunhão de vida. Degraus da única escada para Deus, a da santidade, que ambos, a seu modo, sobem de mãos dadas. Acima de qualquer contingência, são ambos filhos da mesma Companhia de Jesus. [...]

Margarida Vieira Mendes chamou a atenção para o facto de este conjunto de sermões 'constituir uma só obra, um grande texto escrito e artístico: todo ele se alicerça em baixos contínuos feitos de motivos dicotómicos, segundo uma rigorosa esquadria formal e vocabular: dormir / acordar (para o primeiro conjunto de três sermões, mar / terra (para o segundo, com nove sermões) e língua / pés (para o terceiro conjunto de mais três). [...]

As duas partes do índice (3+12), Dormindo e Acordado, demarcam dois tempos, significam dois modos de 'ver': o sonho da Profecia e a vigília da realidade material. Mas os três ciclos (3+9+3), em que também podemos dividir os Sermões, denunciam mudanças de lugar: Xavier na Europa, Xavier na Ásia e Xavier em todo o Mundo. A apoteose, no último parágrafo do livro, apresenta-nos o Santo, discursando ou pregando sobre o que Deus realiza, agora, no tempo de Vieira, por meio 'não do Evangelho descoberto, mas escondido debaixo das ciências Matemáticas, com que lá penetraram os sucessores de Xavier, Religiosos da Companhia, famosos Astrónomos e Astrólogos'.[...] Fecha-se o círculo, do sonho antecipado ao sonho antecipador, de Xavier dormindo a Xavier acordado. Os sonhos de Xavier, estando ele ainda na Europa, no princípio do livro, antecipam a sua formidável atividade missionária; às portas da China, como se fossem as portas do Céu, a sua última pregação, acordado, antecipa o futuro absoluto, porque Deus realizará o projeto apostólico de Xavier, tornando realidade visível o seu sonho. 'Prega-se hoje na China, pública, e livremente, a Fé, e Lei de Cristo com

Templos, Altares, Sacrifícios de seu Santíssimo Corpo, Sacerdotes, Religiosos e Bispos'. Quem sonha mais, é quem dorme ou quem está acordado? Mesmo na vigília, um pé no mar outro na terra, o Anjo do Apocalipse que representa Xavier e representa todo o homem de ação, conduz seus passos pela força do sonho, acalenta a energia das palavras, visando, por elas, o alvo da pregação apostólica: a maior glória de Deus e a salvação mais universal dos homens. [...]

Vieira projeta no seu Herói uma razoável parte de si mesmo, a mais gratificante, a sua atividade de missionário e a sua esplendorosa imaginação. Os milagres de S. Francisco Xavier, por exemplo, tornam-se matéria aprazível para o seu estro efabulador. Em várias ocasiões, a sobreposição entre os dois protagonistas torna-se quase identificativa. Assim acontece nas passagens em que aparece a palavra Pregador, antonomásia do Autor ele próprio. Podemos afirmar, sem grande risco, que Vieira, ao aplicar este epíteto a Xavier, fala principalmente de si. Quando Xavier chegou a Goa e viu a degradação dos costumes em que todos viviam, escreve Vieira: 'Começando pois o novo Pregador pelos Cristãos separadamente, exortava-os a que se lembrassem do que eram, e tornassem em si; e que pusessem os olhos no fim, para que de tão longe, e por meio de tantos perigos tinham passado àquelas terras: que não desdissessem da eleição tão particular, com que Deus os tinha escolhido entre todas as nações católicas'. [...] E na visão característica do seu modelo de pregador, projeta em Xavier, o desembarque de Jonas nas praias de Ninive. [...] Não poderemos também visionar, neste quadro, o jovem jesuíta António Vieira a dar 'felicíssimo princípio' às suas lides no púlpito?

O capítulo terceiro do sonho Segundo começa com estas palavras: 'Os que tendes lido os trabalhos deste grande Hércules da Igreja, desencadernando o livro da sua vida, e fazendo de cada folha uma cena, podereis conceber alguma parte desta temerosa representação. Representemos, pois, uma cena espectacular:

Viam-se ali os climas e os Céus tão diversos, os ares pestilentos, as enfermidades terríveis, sem Médico, sem remédio, sem alívio: no mar o convés, na terra a mesma terra por cama: os calores, os frios, as fomes, as sedes: o navegar tão dificultoso, o chegar incerto, o desembarcar e aparecer cheio de perigos: as gentes bárbaras, feras, e de Cristo todas inimigas: as seitas infinitas, a pertinácia maior que a cegueira: a idolatria estabelecida na antiguidade, na crença, na natureza, defendida da soberba, e cobiça dos Sacerdotes e da licença dos costumes: armados todos e tudo contra o Pregador da nova Fé, só, pobre, aborrecido, perseguido, acusado, condenado. [...]

Creio ainda que no Sermão VII. Finezas de Xavier Acordado, Vieira imagina, no retrato de Xavier, o modelo ideal para si próprio:

Muitos pintam ao Santo, ou revestem suas Estátuas com sobrepeliz, e estola, por ser este o trajo com que pregava. Mas não foi esta a divisa ou insígnia com que Deus o graduou na continuação do ofício. Mandou que o vestissem no Céu com uma esclavina, e lhe metessem um báculo na mão na mesma forma de peregrino, com que seu Filho ressuscitado apareceu aos Discípulos que iam para Emaús.

Como não estabelecer um elo de ligação imediato entre esta página idealizada e a vida de Vieira na selva brasileira:

Contra a fortaleza daqueles Templos em qualquer parte onde chegava, levantava uma igrejinha fundada sobre quatro esteios cortados do mato, e coberta com a ramada das árvores: contra a multidão, grandeza e riqueza dos Ídolos, e imagens alvorava uma Cruz seca: contra os inumeráveis exércitos dos sacrílegos sacerdotes, aparecia ele só descalço, e tão pobremente vestido, como quem se sustentava de esmola: e nesta desproporção e desigualdade tão extrema do que se via, em soando, e se ouvindo a voz e pregação de Xavier, como ao som das trombetas de Josué se arrasaram os muros de Jericó, assim caía a máquina dos Templos, os Ídolos se desfaziam em cinza, os demónios, que não podiam morrer, fugiam, emudeciam os Camis e Totoqués, e os nomes de Xaca e Amida, ouvindo-se em toda a parte o do verdadeiro Deus criador do Céu, e da terra, e sendo recebida, crida e adorada em Cidades e Reinos inteiros a Divindade de Cristo. Tão poderosas e eficazes eram as vozes de Xavier e tais os triunfos da sua língua.

Citação impressionante da autoprojecção do Pregador na pessoa do seu 'maravilhoso Herói'».

Ousadia e originalidade na exploração dos processos retóricos([106])

«Quase todos os sermões de Vieira constituem das mais perfeitas realizações do discurso engenhoso, conceituoso, simultaneamente criação e expressão de mistério, no sentido retórico do termo usado por [Baltasar] Gracián. Mas o conjunto de sermões em honra de santos tem a vantagem adicional de constituir um *corpus* relativamente homogéneo, com identidade de objetivos servidos por processos idênticos. [...] À construção deste género de sermão, 'que serve para as festas e louvores dos santos', dedica Fr. Luís de Granada o cap. 3 do livro IV do seu *De rhetorica ecclesiastica*. Destaco a observação do autor de que 'ningunos sermones suelen ser mas molestos y dificiles a los predicadores que los panegricos'. O que motiva esta dificuldade? A falta de assunto novo e diferente para o sermão? O facto de os caminhos do louvor dos santos estarem já explorados, correndo o orador o risco de repetir o já dito, de se ver limitado à exploração de lugares comuns? Ou estaria a dificuldade na própria natureza deste género de

([106]) «Mistério e triunfo na oratória de Vieira», Maria Lucília Gonçalves Pires, *Terceiro Centenário da Morte do Padre António Vieira, Congresso Internacional*, Atas, vol. I, pp. 105-116.

sermão, com a sua exigência de representar um universo admirável e misterioso? Fr. Luís de Granada não o explicita [...].

Um tipo de discurso que na oratória barroca assume grande destaque, não só pela sua quantiosa produção, como por ser talvez o género em que mais se evidenciam os valores literários e os processos retóricos caracterizadores da poética barroca – uma poética que fez do engrandecimento, da magnificação, da ostentação de universos deslumbrantes um dos vetores principais da produção literária. Aliás, esta atitude de exaltação que se concretiza no sermão panegírico manifesta-se em muitos outros setores do mundo barroco, desde a literatura nos seus diversos géneros, ao campo das relações sociais. [...]

É neste contexto histórico-cultural e literário que temos que ler os sermões panegíricos de Vieira [...].

Estes sermões nem sempre se esgotam na sua função de exaltação, podendo associar a esta outras funções diversas. [...] Vemos assim como Vieira soube engenhosamente evitar os escolhos de certo modo inerentes aos sermões panegíricos: diversifica estruturas, multiplica funções, combina circunstâncias, permeia estes discursos tendencialmente estereotipados das suas preocupações políticas, sociais e morais, isto é, faz viver o seu universo ideológico e emocional nos limites estreitos do sermão de panegírico de santos. Violando as normas deste tipo de discurso? Raramente isso acontece. E quando o orador decide enveredar por esse caminho, é ainda para criar, no plano da construção discursiva uma nova dificuldade de que o seu talento lhe permitirá triunfar. Já referi casos em que a dimensão panegírica, que parece ignorada ao longo do sermão, é recuperada no final, de forma algo artificiosa. Noutros casos, Vieira recorda a norma, de que decide afastar-se, numa atitude de afirmação de um caminho pessoal exigido tanto pela lógica da sua argumentação como pelo seu pendor para as construções insólitas ou mesmo paradoxais. [...]

Acentuando tendências normais do discurso encomiástico, o panegírico barroco recorre insistentemente a metáforas e comparações de cunho hiperbólico. Nada de surpreendente, portanto, na sua frequente presença nos sermões panegíricos de Vieira. Por isso, o que interessa destacar nestes textos são as formas originais de lidar com processos retóricos que o uso excessivo tendia a transformar em frios estereótipos. Assim, vemos o consagrado recurso à comparação ser substituído pela negação da possibilidade de comparar, como no 'Sermão de Santo Inácio', em que o orador explora uma série de semelhanças parciais que fazem um todo diferente, de modo a demonstrar a sua tese de que Santo Inácio é 'o semelhante sem semelhante'. [...]

Processo algo semelhante é o que encontramos na construção do 'Sermão de S. Pedro' (1644), um sermão em que a hiperbolização panegírica assume uma dimensão lúdica que o orador explicita no início do seu discurso:

> Suposto andarem tão validas no púlpito e tão bem recebidas do auditório as metáforas, mais por satisfazer ao uso e gosto alheio que por seguir o génio e ditame próprio, determinei, na parte que me toca desta solenidade, servir ao Príncipe dos Apóstolos também com uma metáfora. Busquei-a primeiramente entre as pedras, por ser Pedro pedra, e ocorreu-me o diamante; busquei-a entre as árvores, e ofereceu-se-me o cedro; busquei-a entre as aves, e levou-me os olhos a águia; busquei-a entre os animais terrestres, e pôs-se-me diante o leão; busquei-a entre os planetas, e todos me apontaram para o sol; busquei-a entre os homens, e convidou-me Abraão; busquei-a entre os anjos, e parei em Miguel. No diamante agradou-me o forte, no cedro o incorruptível, na águia o sublime, no leão o generoso, no sol o excesso de luz, em Abraão o património da fé, em Miguel o zelo da honra de Deus. E posto que em cada um destes indivíduos, que são os mais nobres do céu e da terra, e em cada uma das suas prerrogativas achei alguma parte de S. Pedro, todo S. Pedro em nenhuma delas o pude descobrir. Desenganado pois de não achar em todos os tesouros da natureza alguma tão perfeita de cujas propriedades pudesse formar as partes do meu panegírico (que esta é a obrigação da metáfora), despedindo-me dela e deste pensamento, recorri ao Evan-

gelho para mudar de assunto. E que me sucedeu? Como se o mesmo Evangelho me repreendera de buscar fora dele o que só nele se podia achar, as mesmas palavras do tema me descobriram e ensinaram a mais própria, a mais alta, a mais elegante e a mais nova metáfora que eu nem podia imaginar de S. Pedro. E qual é? Quase tenho medo de o dizer. Não é cousa alguma criada, senão o mesmo Autor e Criador de todas. Ou as grandezas de S. Pedro se não podem declarar por metáfora, como eu cuidava, ou se há, ou pode haver alguma metáfora de S. Pedro, é só Deus. Isto é o que hei de pregar, e esta a nova e altíssima metáfora que hei de prosseguir. Vamos ao Evangelho.

A extensão desta citação justifica-se pelo facto de constituir no seu conjunto um trecho meta-retórico, em que o orador expõe o seu trabalho de *inventio*, o percurso de construção do seu discurso. A referência ao gosto pelas metáforas, usadas no púlpito e apreciadas pelos ouvintes, remete-nos para uma das linhas fundamentais da poética barroca [...]. Metáforas encomiásticas, dada a nobreza dos elementos seleccionados para a sua construção; metáforas sucessivamente recusadas, por insuficientes para a grandeza do santo a representar; metáforas que finalmente desembocam na surpreendente metáfora-hipérbole – Deus metáfora de S. Pedro. Um jogo retórico que conduz a uma expressão herética, heterodoxa? De modo algum... 'Vamos ao Evangelho', convida serenamente Vieira, como quem sabe que no texto bíblico encontrará avalizadas as suas mais ousadas elucubrações... Como quem sabe que encontrou o meio perfeito para prender o interesse dos ouvintes e conduzir este auditório culto de letrados e teólogos pelos sedutores caminhos da agudeza. Só mesmo o talento de Vieira para conduzir a bom porto este projeto de demonstrar que S. Pedro é, metaforicamente falando, a quarta pessoa da Santíssima Trindade... E demonstrá-lo segundo as leis da lógica... Mas que lógica pode comportar esta absurda identificação do quatro com o três? Não certamente a de Verney, representante de um universo mental regido por um estrito racionalismo; um universo mental situado nos antípodas do de

Vieira, que, por isso, não podia compreender. A lógica de Vieira, a que rege quase todas as suas demonstrações, e esta de forma extrema, é uma lógica essencialmente verbal, fundada nas palavras: no sentido das palavras, sem dúvida; mas também na sua materialidade fónica e gráfica, na sua energia de seres visuais e sonoros. E no que diz respeito ao sentido das palavras, é sabido como Vieira explora as potencialidades abertas por fatores como a polissemia, a homofonia, a paronímia, as múltiplas formas de combinar som e sentido que a língua põe à disposição daqueles que, como ele, têm o dom de a saber domar.»

As cartas e a exposição dos afetos([107])

«Discrepantes à superfície, sermão e carta tocam-se na lide com as paixões e no relevo que outorgam ao seu uso – um uso que não prescinde, em última análise, e tanto melhor se paradoxalmente, da luz da razão. [...]

Acima de esporádicas interseções, sobressaem amplos nexos entre cartas e oratória, heterogéneas realidades que seria erróneo aplanar. *Grosso modo*, porém, e assimilando critérios de decoro, a cada género Vieira terá confiado uma missão: as missivas funcionam como um campo alternativo à parenética, são um palco onde o drama íntimo tem espaço para alastrar, invasivo e obstinado na emotiva exposição dos meandros do EU. Como numa conjugação anamórfica, o sujeito vulnerável que ali se agita constitui o reverso da imagem inteira e robusta que se ergue nos sermões, mas sem que nunca o fruto dessa devassa se resuma a estilhaços de uma figura lassa e carente de vontade. Nunca. Avulta, sim, um ser complexo, dotado da ímpar energia e do mesmo 'ânimo generoso' de que Vieira fez espelho o seu Santo António.

([107]) Isabel Almeida, «Vieira: questões de afetos», *Românica*, nº 17, 2008, pp. 115-122.

Impressiona, nas cartas, a introspeção, pelo impacto de distanciamento que surte: à razão cabe denunciar as sem-razões, e da malha de *confesiones y confusiones* faz o sujeito a sua força, na lucidez implacável com que sai de si e verbaliza atritos, assimetrias e fraquezas [...]. Por exemplo, quando Vieira escancara uma vigilância sem escapatória, atualiza, com brandura, um neo-estoicismo edificante [...]: 'Não há maior comédia que a minha vida, e quando quero ou chorar ou rir, admirar-me ou dar graças a Deus ou zombar do mundo, não tenho mais que olhar para mim' [...]. Aqui ouve-se o missionário e seu desengano, remetendo a desordem para o pretérito, o que é o mesmo que convertê-la em remorso. Todavia, ao ritmo do avanço da idade e das provações do autor, o tema das paixões inflama a epistolografia, como ferida insanável, e expande-se num contraponto cerrado entre a acusação e a defesa de afetos, que, erigidos em valores, mais do que inquebrantáveis, alcançam lídimo papel na psicomaquia em curso.

Se os textos lavrados nos anos horríveis do «desterro» inquisitorial transbordam de desgosto e escândalo, a injustiça que neles grita ('até pelos mortos me caluniam os vivos') pesa como fator de desculpabilização de negativos impulsos. Adiante, nas décadas de 70, 80 e 90, uma lente ideológica serve ao Jesuíta, afastado da corte e inquieto pela mudez de D. Pedro, para justificar, senão acarinhar, o seu 'imoderado' afeto de ser português. Vieira acentua-o como 'morbus' [...], quer ao apelidá-lo de obstáculo à razão, (para o que mobiliza *topoi* profanos e sagrados), quer ao etiquetá-lo, provocatório, de escolho à temperança do bom 'soldado' da Companhia:

> [...] A pior circunstância que isto tem é o meu coração, e desvelarem-me estas considerações em Roma e na minha cela, quando tinha tantas razões de o amor de Portugal se me converter em ódio, e as memórias em detestações. Mas, quando me haviam de doer as minhas bofetadas, doo-me só das suas [...];
>
> Recebi esta de V. S.ª [...] estando em Exercícios. E verdadeiramente que bem havia mister a matéria dela esta prevenção;

> porque, sendo o intento de Santo Inácio, nos mesmos exercícios, propor a todos os meios eficazes de compor e moderar as paixões que nos desviam do último fim, eu, considerando nas minhas, e na predominante contra a qual deve ser o maior combate, achei que era o afeto português e imoderado amor e zelo da pátria; e contra este forte inimigo me tinha armado, convencendo-me com tantas razões quantas em mim concorrem mais que em outros. Mas ainda que o tenho muitas vezes convencido, não acabo de o ver vencido [...].

É então que Vieira intensifica o diálogo com Séneca [...] ou seus fiéis, para surgir lacerado como um novo Paulo [...], comprazendo-se, no entanto, em ânsias imperfeitas e desequilíbrios sem remédio:

> Eu devendo calar falo, porque devendo não amar, amo. E já me tenho queixado muitas vezes a V. S.ª de mim, e deste meu coração, tão inimigo e tão amante de quem não tem razão de o ser. Não quero ter mais pátria que o mundo, e não acabo de acabar comigo não ser português. [...]

E se na curva descendente, no Brasil, o Jesuíta se aplica a entretecer louvores canónicos da áurea mediania e do recolhimento, guarda fôlego para a 'rebelde dureza' [...] de quem não abdica de mergulhar no âmago de si, repleto de sonhos, de desejos, de angústias medularmente humanas, ávido de notícias e sinais do mundo (como nas cartas trocadas com o Conde de Castel Melhor), deleitado com lembranças de um tempo em que entrava na casa dos reis. [...]

Esta é a face imediata das cartas: patente de um homem de paixões. Na obra de Vieira, porém, e de lés-a-lés, compilam-se acenos à espessura do discurso, capaz de insinuar por omissão ou de albergar intrigantes tensões entre o que esconde e quanto mostra. Luzes e sombras somavam harmonia? O realce de um pólo amparia o do outro, numa *coincidentia oppositorum*, ou, ao invés, pela antítese dela recebia alento? Em fidelidade a uma *forma mentis* barroca, apostada em obter eloquência 'nas línguas como nos silêncios', estas são hipóteses a equacionar [...].

Tudo sugere que, num contexto de interesse pelos afetos, Vieira terá lançado mão das missivas para vincar opções, quer explícita, quer tacitamente. O perfil que por ambos os meios se esmera a esculpir é o de quem não envereda pela sombra, antes o de quem ousa desvendar uma subjetividade contraditória e foge à suspeita emblematizada no Momo lucianesco (deus maledicente, que deplorava a ausência de uma janela sobre o coração humano...) [...]. Como se nada pretendesse ocultar, porque esquivo a escrúpulos de prudência e arredio à máscara da dissimulação, o Jesuíta orgulha-se do 'indiscreto amor' da pátria [...], que lhe consome a paciência mas pelo qual se move, riscando e arriscando, nos antípodas de uma arreigada moral defensiva e, em particular, da exortação que [Baltasar] Gracián veiculara no capítulo de *El discreto* dedicado à 'Arte para ser dichoso'. Ali, em clave alegórica, a Fortuna recrimina e previne o Asno queixoso da sua miséria: 'Infeliz Bruto, nunca vos fueradeys tan desgraciado, si fueradeys mas avisado. Andad, y procurad ser de hoy en adelãte, despierto como el Leon, prudẽte como el Elefãte, astuto como la Vulpeja y cauto como el Lobo [...].

É neste universo que Vieira, além de rejeitar a pele de 'diphtongo', simulacro de 'hombres que ni atan ni desatan (ou 'homens de havemos de fazer'), despreza o discreto escudado em 'pasiones frias', rasga a filosofia do silêncio, homenageia quem 'não seja verdadeiro só pela verdade, senão pela veracidade, ou seja, que não só saiba a verdade para a conhecer e distinguir, senão que tenha valor e constância para a dizer claramente, e não dissimular' [...].

Por um lado, a epistolografia vale como estupendo bastidor de um esforço de sublimação que nos sermões vibra e se cumpre; por outro, é território onde o tumulto corresponde a uma maneira de ser íntegro e translúcido. Porque não há direito sem avesso, assimilando o gesto dos santos, iconograficamente retratados na entrega absoluta do coração a Deus, ou esquissando a sua *imitatio Christi*, Vieira anatemiza a hipocrisia e a fraude; reclama Verdade num mundo em que se temia o disfarce; espraia um coração do tamanho das palavras, 'com toda a alma na pena', como quem esconjura a cisão, sem cessar evocada na época, de interioridade e exterioridade. [...]

Não está em causa aquilitar a sinceridade do homem António Vieira. Se aos textos da sua obra o autor imprimiu o selo da emoção e o halo de autenticidade de quem logra ver-se e dizer-se dentro e fora de si, convém recordar que no século XVII proliferou o ceticismo sobre a verdade da verdade transmitida [...], do mesmo modo que vacilava o juízo ético e moral sobre a dissimulação [...]. Pouco adianta saber se houve leituras reticentes de Vieira e da sua representação das paixões, nem nos compete colecionar episódios de dissimulação protagonizados pelo Jesuíta [...].

Um complexo Vieira, na complexa 'realidade dos seiscentos', aproximou e cruzou afetos e razão, partes e todo, diverso e uno. Fê-lo nas cartas, género dúctil [...]; fê-lo nos Sermões.»

A construção da obra profética([108])

«Em julho de 1663, quando se iniciam os interrogatórios na mesa da Inquisição de Coimbra, Vieira não tem qualquer obra profético-especulativa ou messiânica. E o que pretendo aqui é simplesmente reunir alguns aspetos da composição dessa obra dita profética de Vieira tomando por base seu processo no Santo Ofício. Isto porque parto do pressuposto de que o conjunto da produção escrita de Vieira está diretamente vinculado a sua atuação oratória – que é política e catequética. [...]

([108]) Adma Muhana, «O processo de Vieira na Inquisição», *Terceiro Centenário da Morte do Padre António Vieira,* Congresso Internacional, Atas, vol. I, pp. 393-402.

A transcrição de cada sessão inquisitorial promove uma uniformidade que visa excluir tudo o que possa fugir à razão da letra. Ao inscrever sempre a data, o local, o juramento, o apelo à confissão, o exame propriamente dito, a admoestação final, o testemunho de fidelidade da redação, as assinaturas dos participantes – é sobre a letra, assim petrificada, que o Santo Ofício configura a verdade do acontecimento. Cada exame é contido numa sequência invariável de perguntas e respostas, que elimina silêncios, hesitações, e tudo o mais que torne instável ou indeterminado o sentido do que é proferido. O aspeto dramático da situação inquisitorial é suprimido ao máximo, para que dela reste apenas uma leitura, em que palavras ditas como opiniões ou dúvidas, apareçam como afirmações passíveis de julgamento.

Confrontado com isto, Vieira insiste inúmeras vezes que, como resposta ao que não lhe é permitido dizer verbalmente, escreve a sua defesa e apologia – as quais, desta maneira, passam a compor sua chamada obra profética. Mas nela mantém incessantemente as marcas da oralidade e figuras cujo efeito visado é uma ação imediatamente persuasiva sobre os interlocutores. É neste sentido que entendo a interpenetração de títulos, de datas e de destinatários, que tem confundido os mais atentos comentadores e que faz de todos os seus livros um só livro ou livro nenhum. Porque, exceto no recorte de títulos que lhes deram seus editores [...], esses diversos livros, que hoje consideramos sua obra profética, não são livros mas 'pensamentos ou desejos de livros' – isto se quisermos, e julgo que devemos, ler o que diz Vieira. Ele não se diz autor, daquilo que diz não serem livros. Todos são cartas e defesas, exceto (talvez) a *Clavis Prophetarum* – mas desta me eximo de falar.

As demais, em ordem cronológica são: a Carta Esperanças de Portugal (1659), a *História do Futuro* e a *Apologia das Coisas Profetizadas* (indistinguíveis, escritas simultaneamente entre 1663 e 1664), o *Livro Anteprimeiro da História do Futuro* (finais de 1664-1665), a *Defesa perante o Tribunal do Santo Ofício* (outubro de 1665 – junho de 1666), a *Defesa do Livro Intitulado Quinto Império* (1667), último escrito do seu processo inquisitorial, e finalmente a *Carta Apologética* ao Padre Jácome Iquazafigo (abril de 1686). Todas elas resistem a uma interpretação literária tanto quanto filosófica ou teológica, na medida em que a dialética oratória imprime a esses 'textos' um caráter sempre movente e fracassado em seu sentido, na ausência da *actio* que os organiza. Esta *actio* é que a Inquisição nega, precisamente, em prol de uma escrita sobre a qual possa julgar um fechamento de sentido. Pois se quisermos interpretar os textos relacionados ao processo de Vieira na Inquisição tomando por base apenas um confronto de pensamentos unívocos, veremos (com inteira propriedade, aliás) o que vislumbraram Lúcio de Azevedo, H. Cidade, J. van den Besselaar, e o demonstrou recentemente A. Pécora: uma disputa, concomitantemente político-retórico-teológica, acerca da profecia de um reino de Cristo na Terra, denominado por Vieira Quinto Império – noção que a Inquisição considera contrária aos dogmas da Igreja. O que eu acrescentaria é que esta noção só se constituiu ao longo do processo de Vieira e não ser propriamente uma noção, mas uma atuação. [...]

Quando [...] escreve [...] a carta Esperanças de Portugal, que tem por subtítulo 'Quinto Império do Mundo, primeira e segunda vida del-Rei D. João IV', a tese de que o Bandarra é verdadeiro profeta e de que profetizou a ressurreição de el-rei D. João IV – por ser o rei português escolhido por Deus para destruir os turcos e efetuar a união entre cristãos, gentios e judeus – aparece deslocada se não levarmos em conta as circunstâncias em que foi escrita. Segundo se depreende da correspondência de Vieira nesta época à Rainha D. Luísa de Gusmão e ao seu confessor D. André Fernandes, uma primeira versão da carta terá sido enviada do Maranhão em abril de 1659, para ser entregue à Rainha (cuja regência estava a ser contestada fortemente pelos aliados do príncipe D. Afonso VI) como 'remédio' passível de fornecer auxílio ao desempenho de suas ações, notadamente seu apoio à Companhia de Jesus na missionarização dos índios e a guerra contra Castela. Tal remédio não tendo sido aceito, a carta permaneceu sem efeito até novembro do mesmo ano quando, com o agravamento da situação de regência da Rainha, Vieira envia-lhe uma nova versão [...] que terá publicidade pela contestação que o Santo Ofício lhe fez. Com efeito, em 1661, mandara-a qualificar em Roma, com a equívoca notícia de que o assunto da mesma (as *Trovas* de Bandarra) estava há muito proibido pela inquisição portuguesa, e obtém deste modo nove censuras sobre as quais instaura o processo contra Vieira. Ou seja, a Carta pode ter sido escrita sobretudo como um meio político para sustentar a Rainha no seu trono e apoiá-la contra os detratores da Companhia de Jesus; todavia o processo no santo Ofício obrigou Vieira a justificá-la teologicamente e a armar assim seu edifício profético. [...]

Ora, mas além da Carta, dissemos que na origem dos interrogatórios está também a denúncia de Fr. Jorge de Carvalho acerca de um livro que Vieira teria dito pretendia escrever: a *Clavis Prophetarum*. [...] Trata-se de algo inexistente: 'desejos', 'ideia' ou 'pensamento de livros', como o nomeia Vieira repetidas vezes. Insistindo neste argumento é que ele ergue a sua defesa: diz que, embora o livro de que lhe arguem o significado não exista, nem nunca tenha existido, obedecendo às perguntas que lhe fazem escreverá o que nele constaria se o tivesse escrito. Ou seja: Vieira exige que a Inquisição, conforme seus próprios enunciados, interrogue-o apenas sobre se havia ou não uma vontade herética no livro que pensara escrever. A esta suspeita, então, Vieira responde pela própria composição do pretenso livro: exige o direito de escrever o livro que teria escrito para que a Inquisição possa julgar se nele haveria alguma afirmação contrária à fé. Por meio desse edifício dialético Vieira se outorga o direito de legitimamente o escrever, na medida em que o dota do estatuto de resposta às questões que a Inquisição lhe faz. Em suma, tal livro não escrito, acerca do qual é acusado, é a sua própria defesa.

Esta é a origem da *História do Futuro*, cuja redação não é menos envolta em discussões. O ponto principal reside em que na segunda página do livro que foi editado como *História do Futuro* lê-se riscada a data de 1649, substituída por 1664 – o que é apresentado como prova de que, desde aquele encontro com Menassés ben-Israel em Amsterdã, Vieira perseguiu a ideia messiânico-judaica do Quinto Império. Todavia, examinando com atenção os manuscritos depositados no processo inquisitorial de Vieira, verificamos que pretender um contínuo das 'ideias messiânicas' de Vieira desde 1649 até ao seu processo e, mais além, até ao fim da sua vida é uma ficção, produzida exatamente pelo estilo processual do Santo Ofício, a qual Vieira não se cansa de refutar. [...]

Conforme os autos, desde o segundo exame (setembro de 1663) Vieira esquiva-se de responder verbalmente e pede para escrever uma defesa em que possa justificar, de modo fundamentado, o que escreveu na Carta e o que pensara escrever na *Clavis*. Estes dois objetos de acusação refletem-se claramente em todos os escritos seus que foram arquivados pela Inquisição. Os primeiros, como dissemos, foram os papéis que hoje constituem a *Apologia das Coisas Profetizadas* e a *História do Futuro*, e cujos originais lhe foram arrebatados pelo Santo Ofício. Nesses textos, Vieira se refere ao que escreve seja como 'apologia' [...], seja como 'história'. Há partes denominadas 'consequências' e partes denominadas 'capítulos'; os textos iniciais tratam de justificar a afirmação que Bandarra foi profeta, e os subsequentes comentam a duração do mundo, a seita dos milenários, etc. Algumas dessas partes foram publicadas por Lúcio de Azevedo em 1918 – e, a partir dessa edição, receberam o título de *História do Futuro*. Todavia, são uma porção menor daquilo que Vieira escreveu como rascunho de sua defesa, hesitante entre escrever uma defesa dirigida apenas aos inquisidores (que seria a sua *apologia*) e escrever uma espécie de *história* (que seria sua *Clavis Prophetarum*), em que realizasse aquele livro que só tinha 'composto em sua ideia' e que as circunstâncias de sua vida de diplomata e de missionário não lhe tinham dado oportunidade para redigir.»

O diálogo intercultural na obra de Vieira([109])

«Vieira e o Diálogo Intercultural» devia ser o tema desta comunicação; um tema oportuno, tendo em conta a feliz coincidência, em 2008, do Ano Vieirino com o Ano Europeu do Diálogo Intercultural. Tal coincidência seria um bom motivo para abordar o tema da interculturalidade na obra do Padre António Vieira. Acaso não lhe é reconhecida por todos nós uma extraordinária riqueza de contactos, enquanto cidadão e missionário, com povos, culturas e convicções religiosas diversificadas? Todos sabemos quanto se empenhou na observação dos espaços, da paisagem, do meio ambiente, dos costumes dos Índios, e quanto admirou os saberes práticos, que dominavam, perfeitamente adequados ao meio em que viviam. E isto, pergunto eu, não é ter consciência do essencial da sua cultura? Lemos e admiramos as narrativas das entradas ao Rio Tocantins e à Serra de Ibiapaba. Sobretudo sabemos que foram muitas as horas dispendidas na catequese, muitas na aprendizagem das línguas ameríndias, muito o esforço investido em defesa de uma regulamentação que amenizasse as precárias condições de sua liberdade e favorecesse o respeito pela sua dignidade e integridade como seres humanos. E não é isto parte da interculturalidade?

Não obstante toda essa atenção, toda essa interação com a realidade cultural dos Índios, e em muito mais aspetos do que se poderia esperar, devo dizer que, à medida que fui lendo e refletindo neste sentido, esbarrei com uma dificuldade prévia, qual é a da não existência na escrita de Vieira do vocábulo «intercultura» e seus derivados, como é natural, e muito menos de um conceito claro que pusesse ao mesmo nível cul-

([109]) Arnaldo do Espírito Santo «Povos, Culturas e Religião: argumentação histórica e teológica na *Clavis*». Comunicação apresentada no Congresso Comemorativo do Quarto Centenário do Nascimento do Padre António Vieira, texto gentilmente cedido pelo autor.

tura europeia, por um lado, e demais culturas, índia e negra, por outro. Quanto à palavra cultura, essa ocorre várias vezes em Vieira, mas com o significado de ação de ensinar a catequese e de cultivar a doutrina e a prática cristãs. Sem esse conceito de igualdade e sem a aceitação incondicional da diferença, não se pode falar de um diálogo de culturas, ou intercultural, ainda que em sentido lato. Como não podia deixar de ser, a cultura europeia sempre se considerou a si própria como cultura superior, 'a civilização' por antonomásia que se procurava implantar e impor, considerando negativa e procurando eliminar, nessa mesma medida, o estado de natureza selvagem dos brasis. A redução dos Índios de forma pacífica e voluntária, em que tanto se empenharam os Jesuítas, teve como objetivo, colateral ao processo de evangelização, tornar os Índios legitimamente vassalos do rei de Portugal. De uma forma muito pragmática Vieira conclui que a ação dos missionários não será eficaz sem a colaboração do Estado; não para forçar os Índios, mas para os defender dos colonos. Com o tempo, porém, os Índios aprenderam a ripostar com argumentos à promessa de que, descendo do sertão para os arredores das cidades coloniais, seriam filhos de Deus, replicando que 'Se Deus está em toda a parte, também está na sua terra, e que nela se podem salvar'. Este argumento indígena foi registado por Vieira, que daí infere que 'a cultura', isto é, o cultivo, a assistência religiosa aos Índios já batizados, 'seria mais natural e desembaraçada nas terras próprias dos Gentios'. Se ainda fosse possível voltar atrás, o caminho a seguir seria fazê-los regressar ao seu meio natural 'fazendo-se [...] colónias pelos mesmos rios acima'; palavras de Vieira, que são como que uma declaração do falhanço da política de descimentos e reduções em que tanto se empenhara para salvaguardar a liberdade dos Índios e os interesses do desenvolvimento colonial.

Além de tudo isso, um europeu do tempo de Vieira, olhando de fora para os hábitos primários de subsistência, para o estádio rudimentar de técnicas de produção agrícola e de instrumentos de trabalho usados, para o desconhecimento da escrita e até para as próprias línguas bárbaras que falavam, para o sistema elementar de organização social e política, para as conceções religiosas, e para as tradições e comportamentos em tantos aspetos chocantes, um europeu, digo, não alimentava outro projeto que não fosse, ainda para os mais bem intencionados, criar condições para que os Índios envergassem a roupagem da cultura do missionário e do colono, da cultura europeia, em suma. [...] O que quer dizer que não era viável, no religioso, nenhuma espécie de diálogo entre as duas culturas, que não conduzisse à substituição de uma pela outra. [...]

Numa pequena alocução pronunciada por Margarida Vieira Mendes no colóquio «Montaigne: que sais-je?», Instituto Franco-Portugais, 1993, recentemente publicada por Isabel Almeida, a saudosa e ilustre vieirista, no seu sentido crítico muito apurado, assacava a Vieira o não ter tido para com os Índios uma visão que não fosse motivada por 'uma finalidade politico-administrativa, moral e teológica'. Mas, como se salienta na mesma comunicação, 'diferentes, além dos índios gentios, eram também, para Vieira, todos os não cristãos: os negros de África, os seus amigos judeus, estes quase cristãos, por promessa de contrato sionista e dadas as suas ancestrais habilitações próprias, diferentes eram ainda os hereges e os Turcos'. Em relação a todos eles a diferença não pode ser reconhecida senão para ser transformada.

Por conseguinte, não vale a pena falar de intercultura nem de diálogo intercultural quando uma cultura dominante se sobrepõe e anula a mais fraca; nem é aqui, neste terreno movediço, favorável a interpretações contraditórias, que se situam as considerações que irão ouvir, se tiverem paciência para chegar ao fim. Situo-me a outro nível. O meu objetivo é interrogar o discurso de Vieira, a sua linha argumentativa, o seu pensamento sobre o lugar que ocupam os povos no plano divino, ou o papel que desempenham na grande Comédia de Deus, no grande Teatro do Universo, e no desenlace da cena pré-final que é a consumação do Reino de Cristo na Terra.»

5.

ABECEDÁRIO

Agudeza

A agudeza resultava, na poética barroca, da adequada utilização do conceito. Na obra do jesuíta Baltasar Gracián, *Agudeza y Arte de Ingenio* (1648), o conceito é definido como aproximação ou relacionamento engenhoso entre dois termos ou correlatos à primeira vista distantes. A argúcia intelectual que descobre nexos originais entre factos, objetos ou palavras e a linguagem requintada que exprime essas relações constituem as duas faces inseparáveis da concretização do conceito. O discurso agudo maravilhava ou deslumbrava os recetores, pela sua valorização do raro, do novo e do insólito. Vieira utilizou-o sobretudo nos sermões encomiásticos e doutrinais, assim concorrendo para a exaltação das maravilhas dos dons divinos.

Cativeiros injustos

O Padre António Vieira considerou que os índios capturados pelos portugueses nos sertões, quando se encontravam em estado de liberdade, eram vítimas de cativeiros injustos. Os colonos não deveriam surpreender os indivíduos livres, nas suas terras, e escravizá-los.

Companhia de Comércio

As companhias de comércio eram companhias mercantis privadas, geridas pelos que nelas empenhavam os seus capitais. Durante o período filipino foram criadas algumas companhias de comércio e, já depois da Restauração, surgiu, em 1649, a Companhia para o Comércio com o Brasil, com alvará para vinte anos, à qual foi concedido o monopólio das exportações de vinho, farinha e azeite para a colónia e também das importações de pau-brasil para a Europa. Esta companhia teve ainda o direito exclusivo de proteger os navios encaminhados para o Brasil, mas, dado que não obteve grandes sucessos, foi nacionalizada em 1662. Desde 1642 que o Padre António Vieira havia incentivado D. João IV a recorrer aos capitais dos cristãos-novos de origem portuguesa para a formação de duas companhias de comércio, uma para a Índia e outra para o Brasil. Voltou recorrentemente a esta questão na sua correspondência, tendo-a como solução para os problemas económicos do país.

Britânicos, holandeses e franceses tiveram também as suas companhias de comércio.

Confutação

Parte do discurso na qual o orador tenta refutar as objecções dos ouvintes face à matéria exposta. Vieira apresenta geralmente longas confutações, socorrendo-se de processos retóricos típicos do discurso persuasivo, como o *exemplum*, a citação, a imagem, etc.

Decoro

Princípio fundamental da retórica, que estabelecia que tanto o tema tratado como a linguagem utilizada por um orador deviam ser apropriados ao género do discurso, aos ouvintes, à ocasião e às circunstâncias em que ele era pronunciado. Vieira referiu-se a este princípio no «Sermão de Nossa Senhora da Conceição», de 1639, afirmando *Lugar, pessoa e tempo são aquelas três circunstâncias gerais com que todo o orador se deve medir, se não quer faltar nem exceder as leis desta nobilíssima arte que na natureza racional é a primogénita.*

Exemplum

Pequeno conto ou narrativa que se reveste de fins argumentativos, comprovando uma afirmação ou uma tese. Em termos de demonstração, assenta na analogia e na indução. Foi considerado uma forma persuasiva muito eficaz, na medida em que nela convergem o ensino e o deleite e se apresenta um modelo concreto de comportamento. O *exemplum* pode pôr em cena uma ou várias personagens, fixar-se numa só ação ou num encadeado de ações. Nos séculos XVI e XVII, várias obras punham à disposição dos oradores coleções de *exempla*. Vieira preferiu o *exemplum* bíblico, logo seguido pelo histórico, mas também recorreu a outros, nomeadamente nos tomos *Maria Rosa Mística, Poderes e Maravilhas do seu Rosário*.

Exórdio

Designa, na retórica, a abertura ou a parte inicial de um discurso. O orador apresenta aos recetores a matéria que vai tratar e tenta captar a sua atenção. Vieira parte, nos seus sermões de afirmações retiradas preferencialmente do Novo Testemunho. Noutros casos utiliza afirmações extraidas da liturgia.

Entradas no sertão

Assim se designavam as expedições levadas a cabo por colonos portugueses, pelo interior das terras do Brasil, com o fim de capturar os índios que lá viviam.

Guerra justa

Na perspetiva do Padre António Vieira, a guerra justa era uma guerra que ocorria no Brasil entre as várias tribos indígenas e não entre portugueses e índios. Só os índios reduzidos à escravidão, por ocasião das guerras justas intertribais ou os chamados *índios de corda* (atados com cordas para serem comidos) poderiam ser escravizados pelos colonos que os encontrassem.

Milenarismo

Esperança de realização terrena, num período próximo, de um reinado temporal de Cristo, período de paz e de felicidade com a duração de mil anos. Tal crença decorre de uma interpretação dos capítulos 20 e 21 do livro do Apocalipse e deve também relacionar-se com o messianismo judaico que alimenta a esperança de um reino temporal do Messias. A doutrina da Igreja condena o milenarismo.

O Reino de Cristo consumado sobre a Terra, de Vieira, seria estabelecido sem que Cristo estivesse presente sem ferir a ortodoxia da Igreja.

Paranomásia

Figura retórica que consiste no emprego de palavras parónimas ou de sonoridade semelhante, mas de valor semântico diferente, numa mesma frase.

Poliptoto

Figura de repetição que consiste em utilizar várias formas da mesma palavra, recorrendo para isso aos seus morfemas flexivos.

Pregador régio

Recebiam este título os pregadores que o monarca incumbia de pregar à casa real e à corte. O pregador de Sua Majestade era frequentemente um conselheiro do rei, seu privado, seu diplomata e ainda pedagogo do príncipe. O Padre António Vieira foi nomeado pregador régio por D. João IV em 1644 e desempenhou todas estas funções. Não se eximiu a censurar publicamente do monarca e muito mais os ministros, validos, e cortesãos e desenvolveu, em muitos sermões, uma «arte de reinar», cristã.

Ratio Studiorum

Plano de estudos delineado pelos jesuítas e seguido nos seus colégios. A educação foi, desde o início, uma das prioridades da Companhia de Jesus, mas só quando Cláudio Acquaviva (1581-1614) se tornou o Geral da ordem, os métodos educacionais da Sociedade foram estabelecidos. A *Ratio Studiorum* definida em 1599 é um documento dirigido aos provinciais, reitores dos colégios e professores das várias matérias (Latim, Grego, Gramática, Retórica, História, Filosofia, Teologia, Ciências da Natureza, Matemática, etc.), contendo regras práticas e precisas referentes aos temas a tratar, aos autores a seguir e aos métodos a utilizar. A aprendizagem fazia-se através de exercícios quotidianos, promovendo-se a emulação. A atividade física era aconselhada e a disciplina era um ponto importante nos colégios da Companhia. A doutrina e a moral cristã deveriam penetrar todo o ambiente da escola e presidir ao ensino das matérias.

Retórica

Arte ou técnica de bem falar. Ao estudar as regras da Retórica, o aluno aprendia a utilizar a língua de forma eficaz ou persuasiva. De início a retórica tinha fins muito práticos, como a política ou a justiça, mas acabou por invadir vários géneros literários e por se tornar sinónimo de arte de bem falar. O orador poderia persuadir os recetores através de argumentos dirigidos à razão ou aos sentimentos (*logos* e *pathos*) e ainda através da imagem de si próprio que construía e apresentava no texto oral ou escrito (*ethos*). Segundo a Retórica, a elaboração de qualquer discurso exige que o orador ou o emissor tenham em conta cinco domínios: a *inventio* ou escolha do conteúdo, a *dispositio* ou a sua organização num todo estruturado, a *elocutio* ou a expressão adaptada aos efeitos a atingir, a *memoria* ou a memorização parcial ou integral do texto e ainda a *pronunciatio* ou a modulação da voz e a execução dos gestos adequados.

Sermocinatio

Figura utilizada na retórica que consiste em colocar na boca de uma ou mais personagens evocadas um discurso que se julga apropriado à sua forma de falar, aos seus sentimentos e às circunstâncias em que se encontra. Assim procede o Padre António Vieira em vários sermões, como os de Santo António e S. Francisco Xavier.

Tupi

A palavra designa uma dos principais povos indígenas brasileiros, a sua língua e também o maior tronco linguístico do Brasil. Os índios tupis habitavam quase todo o litoral brasileiro e foram os primeiros a estabelecer contactos com os colonizadores europeus. No conjunto seriam cerca de um milhão, mas encontravam-se divididos em várias tribos, que por vezes se envolviam em guerras, pois não existia a noção de identidade tupi unificada. A língua tupi era uma língua indígena, cuja gramática foi estudada pelos jesuítas e que deu origem a dois dialetos, atualmente considerados línguas independentes, a língua geral paulista e a língua geral amazónica, ainda hoje falada na Amazónia.

6.

REPRESENTAÇÕES

As representações iconográficas de António Vieira, apesar de abundantes, são muito similares. As mais fiáveis terão sido elaboradas a partir de um retrato original, realizado pouco antes da morte do jesuíta, que deverá ter estado exposto numa casa da Companhia de Jesus. Este retrato, que se perdeu, serviu de modelo à gravura de Arnoldo Westerhout, estampada em Roma, entre 1700 e 1725, base de quase todas as ulteriores representações de Viera([110]). Assim, ao longo dos séculos XVIII e XIX foram feitas outras gravuras, a partir desta, em Lisboa, Paris, Roma, Amesterdão. Em todas elas o jesuíta, já com alguma idade, enverga a roupeta negra e o gorro de tecido da Companhia de Jesus. Em parte delas segura uma pena e simula escrever num livro pousado numa mesa à sua direita, enquanto noutras prega a dois índios que o enquadram, como na conhecida litografia de C. Legrand, de 1742. Esta última foi reproduzida na *Vida do Apostólico Padre António Vieira da Companhia de Jesus*, de André de Barros, obra ilustrada com outras gravuras alusivas a diversos passos da vida do autor, como o embarque forçado do Maranhão, em 1661.

Vários óleos sobre tela representam o Padre António Vieira sensivelmente do mesmo modo. Por exemplo, o retrato

([110]) José Pedro Paiva, *Padre António Vieira, 1608-1697, Catálogo da Exposição, novembro 1997-fevereiro 1998*, Lisboa, Ministério da Cultura, Biblioteca Nacional, 1997, p. 43.

pintado, de autor desconhecido, do início do século XVIII, que se encontra em Muge e pertence à Casa de Cadaval, apresenta o escritor, já idoso, no Colégio de S. Salvador da Baía. Sobre a mesa, em que se encontram um crucifixo, uma caveira e um tinteiro com pena, está também pousado o manuscrito da *Clavis Prophetarum*. Trata-se de uma «peça de execução [...] fruste, de artista secundário, cuja intenção é, principalmente gratulatória»([111]). Para além deste, são conhecidos o retrato executado por um pintor da Escola Portuguesa do início do século XVIII, que se encontra no Gabinete do Diretor da Biblioteca Nacional, em Lisboa, e ainda três retratos de autor desconhecido, realizados no século XVIII (expostos, respectivamente, na sede da revista *Brotéria*, em Lisboa, no Instituto do Património Histórico Artístico Nacional, da Baía, e no Tribunal de Contas de Lisboa), que seguem a inspiração das gravuras iniciais e se assemelham bastante, pois, em todos eles, Vieira segura uma pena e faz menção de escrever.

Distingue-se das representações anteriores o desenho executado por José de Brito para o livro *Vieira Pregador*, do Padre Luís Gonzaga Cabral (1901). Vieira surge no púlpito, envergando o roquete e a estola que traz bordado o monograma da Companhia de Jesus. Segura um crucifixo numa das mãos, enquanto a outra aponta para o público. Tal como esta, é distinta a representação do jesuíta da autoria de Columbano Bordalo Pinheiro. Cerca de 1921, o pintor realizou um painel para a Assembleia da República Portuguesa, em Lisboa, onde o Padre António Vieira, envergando a roupeta e o gorro da Companhia de Jesus, surge com um livro na mão, rodeado por João Pinto Ribeiro, Febo Moniz e D. Luís de Meneses.

Entre outras representações do jesuíta, conta-se um retrato do pintor brasileiro Cândido Portinari (1903-1962), onde, mesmo estilizada, se reconhece ainda a marca das primeiras gravuras do Padre António Vieira, e um busto de bronze do

([111]) *Ibidem*, p. 156.

escultor Martins Ribeiro, realizado em meados do século XX e patente na Academia das Ciências de Lisboa.

Na filmografia, destacam-se duas obras sobre o autor, a do brasileiro Júlio Bressane, *Sermões – A História de António Vieira* (1989) e a de Manoel de Oliveira, *Palavra e Utopia* (2000). O primeira centra-se no texto dos sermões e, servindo--se dele, narra a vida do Padre António Vieira, as suas diversas causas, os interrogatórios a que foi submetido pelo Tribunal do Santo Ofício, apresentando-nos a imagem de um homem ativo e lutador.

O segundo filme, muito fiel aos textos do Padre António Vieira, bem como ao seu percurso biográfico, narra igualmente a vida do jesuíta, destacando principalmente aspetos como o seu envolvimento com a Inquisição e o seu empenho na libertação e evangelização dos índios. Alguns outros momentos são também representados, como os anos vividos em Roma e as últimas décadas passadas no Brasil, onde se acentuam factos como o trabalho de redação de vários textos, a idade avançada do protagonista e o seu estado de saúde débil. No conjunto, a ideia que fica da personagem principal deste filme, de ritmo lento e longos diálogos (ou monólogos), é a de um indivíduo sensível, atento à realidade circundante, empenhado na evangelização dos índios e na conversão do mundo a Cristo, mas, igualmente, a de um homem derrotado em muitas frentes, quer pelas suspeitas da Inquisição, que lhe cerceiam sonhos e esperanças, quer pelos seus rivais e adversários, quer por uma sucessão de enfermidades. Contudo, algumas palavras do realizador do filme a respeito de outra das suas obras, alteram o valor negativo da derrota pessoal do Padre António Vieira, convertendo o jesuíta num vencedor, em termos de humanidade: «As derrotas são mais ricas que as vitórias. As vitórias trazem a alegria, o riso, o contentamento... E muitas vezes desvarios. A derrota chama o homem a si próprio, faz pensar na sua situação, no quão vão é o esforço da vitória. [...] Enquanto que toda a história repousa e enaltece o herói, aquele que vence, o NON põe o acento noutro ponto, que é o da dádiva. Não é o da conquista, mas é o da dádiva.»([112])

Entre as representações do Padre António Vieira, devem ainda contar-se as várias ocasiões em que alguns sermões do autor foram registados em disco ou publicamente ditos. Ary dos Santos, em 1973, disse o «Sermão de Santo António aos Peixes», acompanhado por extratos de peças musicais de órgão do século XVI, leitura editada pelas discotecas Strauss em 1994. Luís Miguel Cintra, Luís Lima Barreto e José Manuel Mendes gravaram em disco, numa edição da Comissão Nacional para as Comemorações dos Descobrimentos Portugueses, de 1997, o «Sermão da Primeira Dominga do Advento», de 1650, o «Sermão de Santo António», de 1654, e o «Sermão do Espírito Santo», de 1657. Recentemente, o primeiro leu, perante vários auditórios, o «Sermão de Quarta-feira de Cinzas», de 1670 e gravou-o em 2011. Outros atores e músicos brasileiros leram também Vieira (com preferência para o «Sermão de Santo António aos Peixes»), em diferentes espaços (igrejas, palcos de teatro, estrados concebidos para concertos) e adotando distintas coreografias (simples leitura, declamação dramatizada, leitura acompanhada à viola ou ao som de uma banda).

Outras representações do jesuíta foram dedicadas às crianças, como um volume da coleção Na crista da Onda, intitulado *Padre António Vieira* (2008), com texto de Ana Maria Magalhães e Isabel Alçada e ilustrações de Pedro Cabral Gonçalves, Clara Vilar e Carlos Marques, e a obra infantojuvenil de António de Abreu Freire, *Padre António Vieira, história de um homem corajoso contada às crianças e lembrada ao povo* (2009).

([112]) Manoel de Oliveira, *Público*, 17 de setembro de 2001.

7.

BIBLIOGRAFIA

A bibliografia vieirina constitui, como facilmente se entende, um campo vastíssimo e diversificado que dá conta das múltiplas leituras da vida e da obra do autor que têm sido efetuadas ao longo de mais de trezentos anos. Os títulos que a seguir se apresentam são forçosamente um conjunto reduzido, selecionado essencialmente pelo facto de ter sido utilizado para a conceção deste volume. O leitor interessado dispõe de uma obra bibliográfica rica e atualizada, elaborada por José Pedro Paiva, cuja referência completa apresentamos imediatamente,

PAIVA, José Pedro, *Padre Antonio Vieira, 1608-1697, Bibliografia*, Biblioteca Nacional, Lisboa 1999.

Ativa

VIEIRA, Padre António, *História do Futuro, Livro Anteprimeiro, Prologómeno a toda a História do Futuro, em que se declara o fim e se provam os fundamentos dela*, Lisboa Ocidental, Na Oficina de António Pedroso Galrão, 1718.

Idem, *História do Futuro* (Livros I e II e Livro Ante Primeiro), Edição de António Sérgio e Hernâni Cidade, Lisboa, Sá da Costa, 1953. [Reedição: 2008]

Idem, *Defesa perante o Tribunal do Santo Ofício*, Edição de Hernâni Cidade, Salvador, Baía, 1957.

Idem, *Cartas do Padre António Vieira,* Coordenadas e anotadas por J. L. de Azevedo, Lisboa, Imprensa Nacional, 1970-1971. [Reedição da 1ª edição de 1928]

Idem, *Obras Completas do Padre António Vieira, Sermões*, Porto, Lello & Irmão Editores, 1993.

Idem, *Apologia das Coisas Profetizadas*, Edição de Adma Fadul Muhana, Lisboa, Cotovia, 1994.

Idem, *Os Autos do Processo de Vieira na Inquisição*, Edição, transcrição, glossário e notas de Adma Fadul Muhana, São Paulo, Universidade Estadual Paulista, 1995.

Idem, *Sermões Italianos*, Edição, introdução e notas de Sonia N. Salomão, Viterbo, Edizioni Sette Città, 1998.

Idem, Padre António, *Clavis Prophetarum, Chave dos Profetas*, Livro III, Edição crítica de Arnaldo do Espírito Santo, Lisboa, Biblioteca Nacional, 2000.

Idem, *Representação perante o Tribunal do Santo Ofício*, Edição crítica, estudo introdutório, fixação do texto, aparato crítico, notas, traduções e glossários de Ana Paula Banza, Lisboa, Imprensa Nacional-Casa da Moeda, 2008.

Estudos

ALMEIDA, Isabel, «Vieira: questões de afetos», *Românica*, nº 17, *Vieira*, 2008, pp. 103-132.

Idem, «O que dizem 'licenças'. Ecos da fama da *Clavis Prophetarum*, *Românica*, nº 18, *Paratexto*, 2009, pp. 27-57.

AZEVEDO, J. Lúcio de, *História de António Vieira*, Lisboa, Tipografia A. M. Teixeira, 1918-1920.

BALÇA, Ângela Coelho de Paiva, COSTA, Paulo Jaime Lampreia, «Algumas reflexões sobre o estudo da obra de Padre António Vieira, presente nos programas da disciplina de Português», *Terceiro Centenário da Morte do Padre António Vieira. Congresso Internacional. Atas*, Braga, Universidade Católica Portuguesa / Província Portuguesa da Companhia de Jesus, 1999, vol. III, pp. 1997-2011.

BARROS, André de, *Vida do Apostólico Padre António Vieira da Companhia de Jesus, chamado por antonomásia O Grande, aclamado no mundo por Príncipe dos Oradores Evangélicos...* Lisboa, Oficina Silviana, 1746.

CANTEL, Raymond, *Les Sermons de Vieira. Étude du Style*, Paris, Ediciones Hispano-Americanas, 1959.

Idem, *Prophétisme et Messianisme dans l'Oeuvre d'António Vieira*, Paris, Ediciones Hispano-Americanas, 1960.

CASTRO, Aníbal Pinto de, «Os sermões de Vieira: da palavra dita à palavra escrita», *Vieira Escritor*, Org. Margarida Vieira Mendes,

Maria Lucília Gonçalves Pires e José da Costa Miranda, Lisboa, Edições Cosmos, 1997, pp. 79-94.

Idem, *António Vieira. Uma Síntese do Barroco Luso-brasileiro*, CTT Correios de Portugal, 1997.

Idem, «A receção de Vieira na cultura portuguesa», *Terceiro Centenário da Morte do Padre António Vieira. Congresso Internacional. Atas*, Braga, Universidade Católica Portuguesa / Província Portuguesa da Companhia de Jesus, 1999, vol. I, pp. 213-229.

FOLCH, Luísa Trias, «O milenarismo no Novo Mundo: Jerónimo de Mendieta, Gonzalo Tenorio e António Vieira», *Terceiro Centenário da Morte do Padre António Vieira. Congresso Internacional. Atas*, Braga, Universidade Católica Portuguesa / Província Portuguesa da Companhia de Jesus, 1999, vol. II, pp. 995-1008.

GARCIA, Mário Garcia, S. J., «Xavier, heterónimo de Vieira», *Brotéria*, vol. 145, 4/5, outubro / novembro 1997, pp. 437-467.

GIL, Maria de Fátima, «António Vieira de Fernando Luso Soares: um drama português de inspiração brechtiana», *Terceiro Centenário da Morte do Padre António Vieira. Congresso Internacional. Atas*, Braga, Universidade Católica Portuguesa / Província Portuguesa da Companhia de Jesus, 1999, vol. III, pp. 1943-1959.

LOPES, António, S. J., «Os 74 anos de evolução da 'utopia' de Vieira», *Terceiro Centenário da Morte do Padre António Vieira. Congresso Internacional. Atas*, Braga, Universidade Católica Portuguesa / Província Portuguesa da Companhia de Jesus, 1999, vol. II, pp. 857-879.

MARQUES, João Francisco, «A cronologia da pregação de Vieira», *Vieira Escritor*, Org. Margarida Vieira Mendes, Maria Lucília Gonçalves Pires e José da Costa Miranda, Lisboa, Edições Cosmos, 1997, p. 117-134.

MENDES, *A Oratória Barroca de Vieira*, Lisboa, Caminho, 1989.

Idem, «Chave dos Profetas: a edição em curso», *Vieira Escritor*, Org. Margarida Vieira Mendes, Maria Lucília Gonçalves Pires e José da Costa Miranda, Lisboa, Edições Cosmos, 1997, pp. 31-39.

Idem, «O processo de Vieira na Inquisição», *Terceiro Centenário da Morte do Padre António Vieira. Congresso Internacional. Atas*, Braga, Universidade Católica Portuguesa / Província Portuguesa da Companhia de Jesus, 1999, vol. I, pp. 393-407.

OLIVEIRA, Maria Lúcia Wiltshire de, «A permanência do discurso vieiriano na ficção contemporânea portuguesa», *Terceiro Centenário da Morte do Padre António Vieira. Congresso Internacional. Atas*, Braga, Universidade Católica Portuguesa / Província Portuguesa da Companhia de Jesus, 1999, vol. III, pp. 1961-1972.

PAIVA, José Pedro, Comiss., *Padre António Vieira, 1608-1697, Catálogo da Exposição, novembro 1997-fevereiro 1998*, Lisboa, Ministério da Cultura, Biblioteca Nacional, 1997.

Idem: Revisitou o processo inquisitorial do Padre António Vieira, Lusitânia ???, 23 (janeiro-junho), 2011. pp. 151-168.

PELOSO, Silvano, *António Vieira e o Império Universal. A* Clavis Prophetarum *e os Documentos Inquisitoriais*, Rio de Janeiro, Faculdade de Letras, 2007.

PIRES, Maria Lucília Gonçalves, «Pregador e ouvintes nos Sermões de Vieira», *Xadrez de Palavras, Estudos de Literatura Barroca*, Lisboa, Edições Cosmos, 1996, pp. 87-100.

Idem, «O protótipo do Missionário em textos de Vieira», *Oceanos*, nº 30/31, abril / setembro de 1997, pp. 25-32.

Idem, «A epistolografia de Vieira. Perspetivas de leitura», *Vieira Escritor*, Org. Margarida Vieira Mendes, Maria Lucília Gonçalves Pires e José da Costa Miranda, Lisboa, Edições Cosmos, 1997, pp. 21-29.

Idem, «Mistério e triunfo na oratória de Vieira», *Terceiro Centenário da Morte do Padre António Vieira. Congresso Internacional. Atas*, Braga, Universidade Católica Portuguesa / Província Portuguesa da Companhia de Jesus, 1999, vol. I, pp. 103-117

SANTO, Arnaldo do Espírito, «Apresentação da *Clavis Prophetarum*. Transmissão manuscrita, estrutura e aspetos do pensamento do Padre António Vieira», *Oceanos*, nº 30/31, abril / setembro de 1997, pp. 156-171.

SARAIVA, António José, *O Discurso Engenhoso, Ensaios sobre Vieira*, Lisboa, Gradiva, 1996.

SERRÃO, Joel, Dir., *Dicionário de História de Portugal*, Porto, Livraria Figueirinhas, 1992-2000.

SILVA, Maria Beatriz Nizza da, «Vieira e a questão indígena. Estratégias e conflitos», *Terceiro Centenário da Morte do Padre António Vieira. Congresso Internacional. Atas*, Braga, Universidade Católica Portuguesa / Província Portuguesa da Companhia de Jesus, 1999, vol. I, pp. 179-198.

VILELA, Magno, «Uma questão de igualdade... António Vieira e a escravidão negra na Baía», *Oceanos*, nº 30/31, abril / setembro de 1997, pp. 37-52.